PĂDUF

MARIAN GODINĂ merge la Poliție aproape în fiecare zi. Nu pentru că s-ar afla sub control judiciar, ci fiindcă este polițist, începând cu luna decembrie a anului 2006, după ce a absolvit Școala de Agenți de Poliție „Vasile Lascăr“ din Câmpina. În prezent activează în cadrul Serviciului pentru Acțiuni Speciale.

Când își lasă masca jos, Marian „descinde“ în mintea cititorilor cu textele pe care le scrie cu mult umor, reușind de fiecare dată să schimbe în bine dispoziția oamenilor. Dacă la serviciu Marian urmărește să nu fie urmărit, pe pagina sa de Facebook este urmărit de peste 550 000 de oameni.

La Curtea Veche Publishing a mai publicat *Flash-uri din sens opus*, *În misiune cu Marian* și *Pablo, the alpaca: scrisoarea.*

MARIAN GODINĂ

PĂDUREA

CURTEA VECHE

Descrierea CIP a Bibliotecii Naționale a României
GODINĂ, MARIAN
Pădurea / Marian Godină. -
București : Curtea Veche Publishing, 2021
ISBN 978-606-44-0890-7

087.5

Redactor: Diana Ilie
Corector: Elena Tătaru
Tehnoredactor: Irinel Niculae

CURTEA VECHE PUBLISHING
str. Aurel Vlaicu nr. 35, București, 020091
redacție: 0744 55 47 63
distribuție: 021 260 22 87, 021 222 25 36, 0744 36 97 21
fax: 021 223 16 88
redactie@curteaveche.ro
comenzi@curteaveche.ro
www.curteaveche.ro

PARTEA ÎNTÂI

~ Capitolul 1 ~

Pădurea se întindea pe o suprafață enormă, astfel că urmele omului pe acele meleaguri erau foarte rare. Ba chiar existau zone în care nici cel mai temerar și mai aventurier dintre oameni nu călcase vreodată. Zeci de mii de brazi și alte conifere, arbuști de toate felurile, ferigi și tot felul de plante ofereau adăpost și hrană pentru mii de animale. Viața animalelor era liniștită și bine organizată, astfel că exista hrană destulă pentru toate și conviețuiau în pace. Rar se întâmpla ca vreo hienă înfometată să atace un pui rătăcit de căprioară ori ca un lup jigărit și alungat de haită să se preteze la furatul vreunui iepure prea mic ca să poată fugi.

Chiar și aceste fapte rare erau aspru pedepsite de Brun, un urs carpatin uriaș de vreo jumătate de tonă, cu o blană lucioasă, care radia de sănătate și forță. Puternicul Brun era Regele Pădurii și toți i se supuneau, mai puțin din teamă și mai mult din respect și admirație. Căci Brun judeca drept și, în fața lui, o broască râioasă și un lup semeț erau egali.

Tocmai din aceste motive, Brun fusese ales Regele Pădurii cu majoritatea voturilor animalelor. El se înconjurase de necuvântătoare de încredere, care îl ajutau la administrarea cu pricepere a pădurii. Ba chiar înființase cabinete care se ocupau de elaborarea legilor, de buna aplicare a acestora, de sănătatea animalelor pădurii și de educația puilor.

La conducerea cabinetului de elaborare a legilor se afla un arici bătrân și înțelept, pe nume Dosk. El dădea legi aspre pentru cei care furau, pornind de la ideea că furtul era una dintre cele mai grave fapte care se puteau petrece în pădure. De aceea, cei prinși furând erau expulzați la marginea pădurii, într-o zonă mlăștinoasă în care nu prea se găsea nimic de mâncare și în care animalele mureau în câteva luni. Dar Brun nu le lăsa să piară, ci le primea înapoi în pădure după treizeci de zile, punându-le să promită că nu vor mai fura. Dacă nu se țineau de promisiune, animalele care recidivau erau trimise în mlaștină definitiv și nimeni nu mai auzea vreodată de ele.

Lupii se ocupau de aplicarea legilor. Ei erau bine organizați în haite și patrulau pe tot teritoriul pădurii, verificând dacă animalele respectau legile, dacă existau conflicte între ele sau dacă apăreau probleme de orice fel. Liderul haitei era Ringo, un lup puternic și inteligent, cu un grumaz gros cât un trunchi de stejar bătrân.

Sănătatea animalelor era în grija ciocănitorilor, care se ocupau și de păstrarea într-o bună condiție a copacilor, curățându-i temeinic de insecte dăunătoare și de alte boli parazitare. De instrucția puilor animalelor se ocupau bufnițele – simbol al înțelepciunii. Le asigurau puilor o educație temeinică și le ofereau o gamă largă de cunoștințe, pregătindu-i astfel pentru viața de adult.

Șefa cabinetului de educație era o bufniță foarte bătrână, dar foarte bine pregătită și înțeleaptă, care se ocupa cu mare drag de toți puii, îndeplinindu-și profesia cu multă dedicare.

Veștile pădurii erau date de șoimi, cei care, planând la înălțimi mari, puteau observa tot ce se întâmplă de-a lungul și de-a latul pădurii și în împrejurimile acesteia. Șoimii erau conduși de Kabis, un mascul de dimensiuni impresionante, fără a cărui aprobare nu era dată nicio veste. El verifica mai întâi, din cel puțin trei surse diferite, că zvonul care îi ajungea la urechi era adevărat și abia apoi îl împărtășea animalelor pădurii. Rolul șoimilor era esențial, căci ei anunțau adunările și alte evenimente importante, unde era necesară prezența tuturor animalelor. Tot ei dădeau de veste atunci când apărea vreun pericol.

Șoimii se supuneau și ei legilor, însă nu erau considerați subordonații lui Brun, având libertate deplină în elaborarea știrilor. În timpul campaniei de alegere a Regelui Pădurii, șoimii aveau rolul de a prezenta candidații și de a răspândi vești despre promisiunile acestora, fiind întotdeauna echidistanți și onești.

Într-o zi, un șoim grăbit a ajuns la cuibul lui Kabis, bătând disperat din aripi.

— Maestre, am o veste foarte proastă! Se întâmplă ceva îngrozitor!

— Dar de ce ești atât de agitat? Trage aer în piept, calmează-te și spune-mi ce s-a întâmplat.

— În partea sudică a pădurii tocmai începe construirea unui drum. Sunt acolo o mulțime de oameni și de utilaje. La ora la care vorbim, mai mulți brazi seculari au fost deja tăiați cu drujbe imense. Din ce mi-am putut da seama, își croiesc drum spre inima pădurii.

Bătrânul șoim lăsă capul plecat și închise ochii pentru o secundă, apoi își ridică brusc privirea, dorind parcă să nu lase deloc impresia că tocmai avusese un moment de slăbiciune. Era prea puternic și trecuse prin prea multe ca să se arate doborât chiar și de o astfel de veste. Își aminti că, pe vremea când era doar un pui și învăța să zboare pe distanțe lungi, îl însoțise pe tatăl său deasupra unui oraș. Rememoră vorbele părintelui abia acum: „Copile, în tinerețile mele, aici era doar un mic cătun cu câțiva oameni. Acum, după cum vezi, e ditamai orașul, cu blocuri, fabrici din care se înalță coșuri de fum, clădiri impresionante, mii de case și de străzi. Când vei fi tu la vârsta mea, orașul se va extinde atât de mult, încât va ajunge până la marginea pădurii. Dar nici asta nu-i va mulțumi. Vor doborî brazii noștri prețioși, pe care îi vor transforma în lemn. Cu lemnul își vor construi și mai multe case, și mai multe fabrici, pe care le vor amplasa în locul brazilor tăiați. Și, scumpul meu fiu, pădurea va dispărea treptat."

Nu îl crezuse în acel moment, dar vorbele bătrânului se adevereau. Trebuia anunțat de urgență Brun. Înainte să facă asta, Kabis îi chemă la el pe cei doi fii ai săi, Avis și Gâduț.

— Veți veni cu mine într-un zbor ceva mai lung. Va trebui să mă conving cu ochii mei că vestea pe care mi-a dat-o Dodo e reală. Tocmai ce mi-a spus că oamenii pătrund în pădure nimicind copacii în calea lor.

— Vai, dar așa ceva e îngrozitor! Nu se poate, trebuie să îi oprim cumva! exclamă Avis.

— Mă tem, fiule, că omul e cel mai periculos și mai rău dintre animale. Și e și cel mai puternic, deși e nedrept în luptă. El folosește arme cu glonț și doboară chiar și cei mai puternici lei, iar apoi le ia capetele trofeu, fălindu-se cu ele ca și când i-ar fi doborât cu mâinile goale. Omul e viclean și pune capcane cărora le cad pradă chiar și cele mai bătrâne vulpi. Omul este cel mai mare dușman al nostru, în fața căruia nu avem nicio apărare.

— Atunci, e simplu. Dacă ne e dușman, dar nu-i putem face față, să ni-l facem prieten. Să ne aliem cu oamenii! strigă cu nerăbdare Gâduț.

— Cum să fim prieteni cu oamenii, când ei vor să ne ia pădurea? Îți dai seama câte animale vor pieri? Unele vor rămâne mai întâi fără case, apoi fără hrană. Cum să fii prieten cu asemenea creaturi?

— Dar eu nu mă gândeam la toate animalele, mă refeream doar la noi, șoimii. Ce-mi pasă mie de celelalte animale? Nouă să ne fie bine! Luăm legătura cu oamenii și le spunem că îi ajutăm cu orice au nevoie. Noi cunoaștem cel mai bine locurile și zburăm la înălțimi la care ei nu pot ajunge. Să ne promită că ne lasă în pace și îi ajutăm cu plăcere. Nouă să ne fie bine!

— Mi-e rușine mie de rușinea ta! Cum poți măcar gândi așa ceva? Ce fel de genă ai moștenit? Eu nu așa te-am educat! Dacă ar auzi ce spui, cred că bunicul tău s-ar răsuci în mormânt. Noi nu am fost și nu vom fi niciodată niște trădători. Dacă va fi să fie, vom pieri laolaltă cu celelalte animale, dar vom muri cu demnitate și onoare. Sper ca gândurile și spusele tale să fie doar o rătăcire de moment, căci nu vei ajunge prea departe cu o asemenea gândire. Acum haideți să plecăm, cu speranța că Dodo s-a înșelat, deși n-am văzut vreodată un șoim cu ochii slabi.

Cele trei păsări zburau cu viteză pe deasupra pădurii, îndreptându-se spre Sud. Ajunse aproape de margine, auzeau deja zgomote puternice de drujbă, astfel că gândurile negre ale lui Kabis începeau să se adeverească. Zeci de brazi erau deja culcați, iar alții cădeau la pământ scoțând un trosnet puternic, asemănător unui țipăt sfâșietor de durere. Zeci de camioane așteptau cuminți, în șir indian, pentru a fi încărcate cu lemnul neînsuflețit.

Kabis se oprise pe o creangă și privea de acolo neputincios, amintindu-și încă o dată prevestirile tatălui său. Avis îi era alături și se uita și el cu durere în suflet la teribilul peisaj. Doar Gâduț părea neinteresat, ba chiar i se putea citi un fel de entuziasm pe fața ageră.

— Să sperăm că se vor opri înainte să defrișeze toată pădurea. Dar la câte camioane văd aici, o bună bucată din ea va dispărea.

— Uitați-vă în jos cu atenție!

Avis și Gâduț își plecară privirile după îndemnul tatălui și văzură zeci de veverițe fugind disperate spre mijlocul pădurii. Câțiva arici care avuseseră ghinionul să locuiască acolo fugeau și ei spre noi adăposturi, rămânând fără vechile așezări. O bufniță își plângea ouăle făcute țăndări la impactul cuibului cu pământul. Avusese grijă de ele săptămâni întregi, iar acum le privea sparte, văzându-și pentru prima oară puiuții fără suflu. Îi ciugulea ușor, dorind parcă să le dea viață, însă ei erau plecați de mult. Zburaseră la ceruri înainte să învețe să zboare.

— Trebuie să ajung la Brun să-i dau vestea. Asta îi va frânge inima!

Șoimii își luară zborul și în scurt timp ajunseră la bârlogul lui Brun.

Ursul era prins într-o discuție cu doi lupi, care îi povesteau că o veveriță se plângea că îi dispăruseră toate ghindele strânse cu greu pentru iarnă.

Văzând că însuși Kabis venea la el, Brun înțelese că se întâmplase ceva grav.

— Am putea vorbi între patru ochi, bunul meu prieten? întrebă Kabis.

— Desigur, haide înăuntru! îl invită ursul.

— Brun, vestea pe care ți-o voi da te va întrista nespus și îmi pare rău că tocmai eu sunt cel care trebuie să o spună.

— Dar nu mai amâna atât. Ce s-a întâmplat?

Cu glasul tremurând, Kabis abia reuși să spună.

— Pădurea... pădurea...

— Ce-i cu pădurea? Spune azi, șoimule!

— Pădurea este defrișată!

— Poftim?! Cum adică e defrișată?

— În partea sudică, sute de copaci sunt tăiați și încărcați în camioane. La câte mașini erau acolo, nu păreau să se oprească prea curând. O bună bucată din pădure va dispărea. Să ne rugăm să nu o radă pe toată.

Ursul căzu în genunchi și ochii începură să îi lăcrimeze. Se simțea ca și când mii de cuțite îi străpungeau plămânii și inima. Pădurea lui, cea pe care o iubea atât de mult, animalele pe care le condusese atâția ani în armonie, toate aveau să piară, dacă oamenii nu se opreau din tăiat. Cu un dram de optimism, se ridică în picioare și repetă ultimele cuvinte ale șoimului.

— Să ne rugăm să nu o radă pe toată...

~ Capitolul 2 ~

Iarna trecuse cu greu pentru toate animalele pădurii. Deși oamenii se opriseră din defrișat, o mare bucată din pădure fusese rasă, exact cum anticipaseră șoimii. Animalele care își pierduseră habitatul s-au refugiat în pădurea rămasă, ceea ce a dus la o creștere semnificativă a populației. Din această cauză, hrana se tot împuțina, iar nemulțumirile animalelor erau din ce în ce mai mari, mai ales că și numărul furturilor începuse să crească.

Alegerea Regelui Pădurii avea să urmeze peste două luni, iar imaginea ursului Brun era tot mai șifonată din cauza greutăților pe care le întâmpina în administrarea treburilor interne ale codrului. Brun era tare abătut și se consuma tot mai mult când își vedea neputința în fața lipsei de hrană, dar multe animale îl respectau la fel ca înainte, știind că ursul ținea la poporul său și îi dorea binele.

Împreună cu lupii, Brun a pornit o amplă campanie de oprire a furturilor, astfel că multe animale au fost exilate în mlaștină după ce fuseseră prinse furând din hrana altora.

În una dintre zile, pe când mergea prin pădure însoțit de Ringo, Brun s-a întâlnit cu Mitruț, un porc mistreț pe cât de gras, pe atât de urât și de needucat.

Mitruț avea blana neagră ca abanosul, iar firele de păr îi erau aspre ca o perie de sârmă și despicate la vârfuri. Pe ceafă, de-a lungul spinării, îi crescuse haotic o coamă neîngrijită și murdară.

Era cunoscut prin pădure pentru violența sa, nu de puține ori lupii intervenind pentru a salva câte un animal de furia porcului. Colții îi erau îngălbeniți, dar încă foarte puternici. Deși porcii umblă adesea în turme conduse de scroafe bătrâne, Mitruț era un mascul solitar, preferând să hoinărească singur prin pădure.

Văzându-l cu o tolbă mare în spinare, Brun îl întrebă ce avea în ea. Chiar în acel moment, o veveriță zglobie coborî dintr-un molid și se opri plângând în fața lui Brun.

— Dragă Brun, dragă Ringo, cât de norocoasă sunt că am dat de voi chiar aici, lângă cel care îmi tot fură mâncarea pe care o adun cu greu pentru copiii mei de luni întregi. Uitați-vă la el cum cară tolba doldora cu ghindele și alunele mele prețioase, pe care le-am strâns prin atâta muncă, spuse veverița arătând spre Mitruț.

Brun se mâhni foarte tare, iar Ringo îi ceru lui Mitruț să părăsească pădurea pentru treizeci de zile, urmând să petreacă această perioadă în mlaștină. Deși ripostă inițial și nu vru să recunoască, Mitruț fu nevoit să plece, grohăind câteva înjurături.

Veverița și-a recuperat prețioasa hrană și a plecat la puii ei, iar Brun și Ringo au mai parcurs câțiva kilometri prin pădure, vorbind cu animalele și întrebându-le ce probleme întâmpinau.

În drumul său spre mlaștină, Mitruț auzi o voce dintr-un copac.

— Porcule-mistreț, nu cumva mergi înspre mlaștină?

— Dar cine ești tu, de mi te adresezi așa? Pentru tine sunt domnul Porc, nu porcule. Coboară și înfruntă-mă, de ai curaj!

Pasărea cobori chiar în fața lui Mitruț.

— Ce ai, porcule-mistreț, de ești așa nervos? Eu zic să te calmezi, că s-ar putea să avem nevoie unul de celălalt.

— Ce nevoie să am eu de un biet șoim, trimis probabil în mlaștină pentru vreun furtișag mărunt?

— De fapt, am furat un iepure pe care l-am mâncat cu tot cu blană. Spre deosebire de tine, care te-ai pretat la a fura niște ghinde de la o biată veveriță. De fapt, nici măcar de la ea, ci de la puii ei. Practic, tu ai furat de la copii, spuse șoimul râzând, spre disperarea lui Mitruț, care se enervase teribil.

— Ia-ți zborul, șoim prost, până nu-mi înfig colții în gâtul tău!

— Dar tu chiar ești porc. Eu aveam o idee genială, care te-ar fi făcut dintr-un biet pungaș gras și nespălat un adevărat stăpân al pădurii.

— Ce tot îndrugi acolo, șoim viclean? Tu crezi că eu îți înghit ție toate balivernele?

— Baliverne zici, ha? Dar tu știi cine e tatăl meu?

— Ce îmi pasă mie cine-i tac-tu? O fi unul la fel ca tine, doar că mai bătrân.

— De fapt, porcule, tatăl meu are puterea de a schimba stăpânii lumii, doar că e prea naiv să o facă. Tatăl meu e Kabis, Șeful Veștilor.

— Să fie sănătos! Ce treabă am eu?

— Hmmm, auzisem că ești violent și era să o simt pe pielea mea, dar nu și că ești cam prost. Simt și asta tot pe pielea mea. Fii atent aici la mine, porcule! Știi că peste două luni animalele își aleg stăpânul?

— Să și-l aleagă. Eu nici măcar să mai votez nu am voie. Orice animal ar trebui să știe Cartea Pădurii. Tu nu ai citit-o?

— Dar ce ai zice dacă ai deveni chiar tu stăpân?

— Tu nu auzi că nici să votez nu pot? Darămite să candidez!

— Dar nici nu trebuie, porcule!

— Hai, că asta-i bună, să ajungi stăpân fără să candidezi. Cum ar fi posibilă una ca asta?

— Porcule, eu am câțiva ani buni de când zbor prin pădurea asta. Știu cam tot ce mișcă pe aici. Astrele s-au aliniat pentru tine, porcule. E anul tău! Bufnița e bolnavă de câteva luni, generația asta de animale e lipsită total de educație. Până la alegeri, toți puii animalelor vor fi niște adulți proști și îngrămădiți, ușor de mințit și de manipulat. Îi vom face pe toți să ne voteze.

— Să ne voteze?

— Vorba vine. Trebuie să găsim un animal de încredere pe care să îl punem să candideze, iar după ce va câștiga, noi o să conducem pădurea de facto.

— Ce naiv ești, șoimule! Orice animal ajunge Regele Pădurii, oricât de multă încredere avem în el acum și chiar de ajunge Rege datorită nouă, după ce se vede cu sacii în căruță, nu ne mai bagă în seamă.

— Asta ar face un animal viclean, iar pentru a fi viclean, ai nevoie de inteligență.

— Avem nevoie de un animal de încredere, dar foarte prost.

— Cel mai prost, unul extrem de prost! Prost și de încredere.

— Singura care îmi vine acum în minte e scroafa Gizelda. Doar că ea nici măcar să vorbească nu prea știe. Nu o putem pune pe ea.

— Nu știu cine e Gizelda, dar dacă zici că nici să vorbească nu prea știe, e alegerea perfectă. Măcar de citit să poată cât de cât. De încredere e?

— E de încredere ea așa, de fel, și cred că știe să citească.

Atunci e perfectă. Vorbește cu ea și explică-i că va candida pentru funcția de Regina Pădurii.

— Încă ceva. De ce ai nevoie de cineva care să conducă pădurea din umbra ta? De ce nu o faci tu direct?

— Pentru că am nevoie de tine și vei înțelege de ce. Planul nu e atât de simplu. Brun e pe ducă, animalele nu prea îl mai iubesc de când cu sărăcia asta.

— Dar, până la urmă, sinceri să fim, nu e vina lui că oamenii au construit un nou cartier pe o bucată mare din pădure. Nici eu nu îl suport, dar el chiar a renunțat la hrana lui și a familiei ca să le ajungă celorlalte animale consumatoare de fructe de pădure și de alte mâncăruri de-ale urșilor.

— Și el cu familia lui ce mănâncă, porcule-mistreț?

— Ei își riscă viața în fiecare noapte și coboară în oraș la containere. Caută prin gunoaie.

— Își riscă viața? Ești sigur?

— Da, da, sunt sigur! Ba chiar am auzit că soția și copiii săi au fost omorâți de vânători. Nimeni nu i-a mai văzut.

— Își riscă viața, zici... Dar dacă îți zic eu, spre exemplu, că Brun merge în fiecare noapte în oraș ca să primească mâncare gratis de la oameni drept răsplată pentru că le-a oferit pădurea pe care și-au construit un nou cartier?

— Cine ar crede asemenea invenție? Și, mai ales, cine le-ar împărtăși animalelor o asemenea veste?

— Ca să îți răspund pe rând: ar crede proștii lipsiți de educație, adică puii de acum, care nu fac cursuri cu bufnița și care vor avea drept de vot peste două luni. Iar vestea ar fi dată de Șeful Veștilor.

— Adică taică-tu? Kabis nu ar face niciodată asemenea lucruri.

— Nu tata, ci eu. Acum o să înțelegi de ce am nevoie de un porc-mistreț puternic și violent. Dacă tata și fratele meu, Avis, ies din schemă, eu rămân șef peste toate zvonurile din această pădure.

— Adică tu vrei să îți trădezi tatăl și să îți înlături fratele, dar îmi ceri mie să am încredere în tine?

— Porcule-mistreț, lucrurile nu stau chiar așa. Am să-ți explic pe scurt. Pe vremea când eram doar un ou, mama mea a fost alungată din cuib, iar tatăl meu, în încercarea de a o apăra, și-a pierdut viața. Din cele patru ouă care erau în cuib, trei au fost zdrobite în luptă. Am rămas doar eu.

— Nu înțeleg nimic din ce îmi zici. Insinuezi că nu e Kabis tatăl tău?

— Tocmai ce ți-am spus că tatăl meu a murit, iar mama a fost alungată din pădure.

— Cine a făcut așa ceva?

— Cel căruia îi spun eu acum tată.

— Kabis? întrebă Mitruț contrariat.

— Exact! Pe vremea aia, bunicul meu era Șeful Veștilor, dar bătrânețea și boala urmau să îl răpună în scurt timp. Kabis știa că locul său îi va fi acordat tatălui meu, așa că l-a eliminat pentru a rămâne unicul moștenitor.

— Și de ce nu te-a eliminat și pe tine?

— E simplu. Kabis și Elsa, soția lui, aveau doar un ou în cuib, pe care Elsa îl clocea cu cea mai mare grijă, după ce alte patru îi fuseseră furate – cât era plecată – de vreun prădător pe care foamea îl împinsese pe cea mai înaltă stâncă, acolo unde Kabis construise cuibul. Niciun șoim nu își dorește să aibă un singur moștenitor, mai ales că știm cu toții cât de fragilă e viața unui șoim.

— Cum să fie fragilă viața unui șoim? Câți dușmani aveți voi?

— Porcule, știi tu oare câți șoimi au fost uciși de om în timpul celui de Al Doilea Mare Război al oamenilor?

— Mă faci să râd! Sigur problema oamenilor în acele vremuri erau șoimii.

— Erau, porcule. Pentru că multe dintre mesajele lor erau transmise prin porumbei, iar unele dintre ele nu mai ajungeau la destinatar din cauză că porumbeii cădeau pradă șoimilor. Atunci s-au hotărât oamenii să ne distrugă specia.

— Are logică povestea, dar dacă tatăl tău a fost ucis, iar mama alungată, de unde știi tu toate astea, că erai doar un ou?

— I-am auzit într-o seară vorbind. Kabis i se destăinuia lui Avis, căruia îi spunea că este unicul său fiu și că, în cazul în care i s-ar întâmpla ceva lui, Avis ar urma să devină Șeful Veștilor. Apoi i-a povestit toată tărășenia. Din momentul ăla, îmi caut răzbunarea, iar acum simt că a venit momentul.

— Și ai un plan pentru asta?

— Desigur. Acum, dacă nu te mai încurc, te-aș putea însoți până la mlaștină să-ți spun ce am de gând să facem împreună. Asta doar în cazul în care vei fi de acord. În caz contrar, chiar acum îmi voi lua zborul în căutarea altui partener.

— Stai, tovarășe, nu zbura. Dacă vrei, poftește alături de mine la drum și eu voi fi doar ochi și urechi.

~ Capitolul 3 ~

— Dar de unde ai putut scoate una ca asta? întrebă plin de uimire bătrânul șoim Kabis, stăpânul tuturor zvonurilor pădurii.

— Iubitul meu tată, doar nu aș fi putut inventa eu așa ceva. De altfel, nici mie nu îmi vine să cred că un astfel de zvon ar putea fi adevărat. Mi l-a spus un porumbel pe care mi-l pregătisem la prânz. M-a rugat să-l cruț, fiindcă avea de spus ceva incredibil, ceva ce nu știe nimeni și care ar putea fi extrem de important pentru întreaga faună. L-am lăsat să îmi spună, iar apoi l-am eliberat să zboare, deși eram flămând. Dar, așa cum m-ai învățat de mic, promisiunea e promisiune, iar eu îmi dădusem cuvântul să îl las în viață dacă îmi spune ce are de spus.

— Dar de unde știa el asemenea lucru? A fost în mlaștină și a văzut cu ochii lui? Sau a auzit de la altcineva și a spus mai departe? Știi doar că zvonurile din gură în gură se deformează complet pe măsură ce se împrăștie.

— Știu, părinte drag și înțelept, tocmai de aceea cred că va trebui să mergem și să vedem cu ochii noștri. Nu putem lansa un zvon fără să îl verificăm.

— Firește că nu putem, nu am făcut asta niciodată! Să răspândești o știre falsă poate avea efecte catastrofale. Iar asta o știi și tu prea bine, că doar tare supărat ai mai fost când vicleanul vulpoi te-a păcălit că provii dintr-un alt cuib și că eu ți-am ucis adevărații părinți. Povestea asta nu poate decât să ne amuze acum, dar te-a întristat foarte mult minciuna vulpoiului.

— Să nu ne mai amintim, iubite tată, și hai mai iute să vedem cu ochii noștri dacă mi-a spus drept porumbelul. Căci, dacă e adevărat, trebuie să afle îndată toate animalele pădurii pericolul în care se află. Iar dacă e fals, nu cumva să se răspândească și să se instaureze panica.

— Bine zici, fiul meu iubit. Mă bucur că privești lucrurile cu atâta înțelepciune și știu că, atunci când eu nu voi mai fi, tu și Avis veți rămâne stăpâni peste toate zvonurile.

Avis și Gâduț făcură un gest aprobator din cap, iar Kabis dădu semnalul de plecare.

Exista un animal care nu se mai văzuse niciodată prin acele locuri și despre care nici măcar bătrâna bufniță nu știa nimic. Era un monstru prins de oameni și adus într-o cușcă metalică ferecată bine cu un lacăt greoi. De când fusese părăsită în pădure, sălbăticiunea încerca să scape, luându-și elan dintr-un colț al cuștii și lovind gratiile cu așa putere, încât era greu de spus cât mai rezistau. Odată fiara eliberată, urma să facă prăpăd în toată pădurea și puține animale ar fi scăpat cu viață. Acesta era zvonul aflat de Gâduț și transmis tatălui său.

— Uite, acolo! exclamă Kabis, ai cărui ochi nu îl înșelau încă, în ciuda vârstei.

— Pare a fi o cușcă din fier, dar nu văd să fie niciun monstru înăuntru, spuse Avis, în timp ce păsările începură coborârea spre acel loc.

Ajuns în fața cuștii, Kabis observă că este goală, iar lacătul greoi despre care vorbise porumbelul era desfăcut și căzut lângă ușa larg deschisă. În mijlocul construcției metalice, printre zăbrelele destul de dese, se putea observa o bucată de hârtie mototolită, la care nu se putea ajunge din exterior de pe niciuna dintre laturi.

Văzând că nu e nimeni înăuntru, Avis păși spre intrare, dorind să cerceteze interiorul, dar Kabis îl opri, întinzându-și o aripă în fața sa.

— Stai! Ar putea fi o capcană, să nu facem vreun gest nesăbuit.

— Ce capcană să fie? E clar că monstrul s-a eliberat. Poate chiar acum se îndreaptă spre pădure. Trebuie să facem ceva! Cu riscul să cad într-o capcană, eu intru să caut indicii, poate chiar pe acea hârtie o să găsim un detaliu important. Dacă vă e teamă, rămâneți afară, strigă Gâduț în timp ce pășea hotărât spre cușcă.

— Nu, stai! Voi intra eu, așa se cuvine. Nu o să-mi expun puii la un asemenea pericol. Voi doar stați de șase lângă ușă și priviți cu atenție spre orice pericol.

Kabis păși ușor, testând parcă terenul cu fiecare pas pe care îl făcea. Era o cușcă veche în formă de cub, ruginită, cu zăbrele dese, care fuseseră odată paralele, dar pe care vremea le deformase, fără însă a le șubrezi.

Ajungând la peticul de hârtie, Kabis îl desfăcu și privi lung spre el, moment în care Gâduț intră și el în cușcă, apropiindu-se de tatăl său.

— Nu am zis să nu intri? strigă bătrânul șoim spre Gâduț.

În clipa aceea, se auzi un foșnet puternic, iar dintr-un arbust sălbatic sări Mitruț, cu o viteză greu de imaginat pentru un porc atât de mare. Cu o lovitură rapidă, îl împinse pe Avis în cușcă, apoi, la fel de iute, închise ușa cuștii și o ferecă punând lacătul ruginit.

Cele trei păsări deveniseră prizoniere și priveau una spre cealaltă. Doar Kabis nu părea speriat, dar căzuse pe gânduri. Bătrânului șoim nu îi venea să creadă cât de naiv fusese, iar regretul îi era cu atât mai mare cu cât îi pusese pe fiii lui în pericol. Apoi, își ridică fruntea spre Mitruț și se răsti la el, fără pic de teamă în glas:

— Porcule-mistreț, ai idee ce ai făcut? Deschide urgent ușa și scuză-te că ne-ai confundat, căci altfel, când va afla Brun despre asemenea lucru, nu-ți voi vedea prea bine râtul.

— Avis, Gâduț și chiar marele Șef al Veștilor, înțeleptul Kabis. De nu sunteți voi, înseamnă că v-am confundat și vă voi elibera numaidecât. De sunteți voi, aici vă vor putrezi hoiturile.

— Chiar noi suntem, mistrețule. Iar gestul tău te va duce la pieire. Eliberează-ne îndată, te avertizez din nou!

— Aseară am coborât în oraș. Am sărit mai multe garduri, până am găsit cușca asta, apoi am cărat-o până aici cu greu. Și acum mă doare spatele, iar tu îmi zici ca după așa un efort să vă eliberez? Mă faci să râd. Mulțumește-mi că am să vă las în viață atât timp cât îmi veți fi trebuincioși. Acum, vă rog să mă scuzați, am treburi mai importante de făcut decât să discut cu niște amărâți de șoimi.

~ Capitolul 4 ~

Brun era tot mai abătut, iar sărăcia pe care o vedea în rândul animalelor pe care le condusese atâția ani cu toată priceperea îl măcina tot mai tare. Nu avea nicio vină că oamenii defrișaseră o bună parte din pădure, iar animalele de acolo se mutaseră în pădurea rămasă neatinsă, făcând astfel ca hrana să fie insuficientă.

Ursul luase hotărârea ca el, împreună cu familia lui, să renunțe la hrana oferită de pădure și să coboare serile în oraș pentru a căuta hrană pe la pubele. Astfel, rămânea mai multă hrană pentru celelalte animale ale pădurii, iar sărăcia se simțea mai puțin. Dar aceste aventuri nocturne deveneau din ce în ce mai periculoase, pentru că oamenii le observaseră obiceiurile.

Unii se adunau seara prin mașini și așteptau sosirea urșilor pentru a-i fotografia sau pentru a le arunca mâncare, iar alții chiar se apropiau atât de mult, încât ar fi putut atinge unul dintre puiuții mai puțin speriosi. Dar, când se întâmpla asta, mamele ursuleților deveneau adevărate fiare, instinctul lor protector fiind unul dezvoltat. Nu de puține ori se întâmplase ca o ursoaică să se ridice amenințător în două labe în fața vreunei mașini pline de curioși.

Interacțiunea urs-om devenea tot mai periculoasă, deși oamenii erau cei care împinseseră animalele să coboare după hrană în oraș. Până să defrișeze pădurea, se întâmpla foarte rar ca vreun urs să fie observat de om pe străzile orașului. Ba chiar nu prea se întâlneau omul și ursul nici prin păduri, deoarece erau atât de vaste, încât probabilitatea era foarte scăzută.

Pentru a-i face pe urși să nu mai coboare în cartier, oamenii au luat mai multe măsuri, însă acestea s-au dovedit mereu ineficiente. Capacul cu filet aplicat deasupra pubelei putea fi desfăcut chiar și de un puiuț de urs, care înțelegea numaidecât să se ridice în două lăbuțe, iar cu celelalte două să învârtă frumos capacul. Când pubelele erau foarte înalte, urșii își țineau lăbuțele împreunate, iar după ce unul dintre ei le folosea drept scară, ajuns sus, îi trăgea și pe ceilalți.

În una dintre seri, Raisa, soția lui Brun, a coborât într-un cartier cu cei doi pui ai săi și tare s-au bucurat când au găsit un container plin cu tot felul de resturi de mâncare aruncate de oameni. Prima dată au urcat cei doi puiuți, mama rămânând în gardă, mai ales că i se părea suspectă lipsa curioșilor cu care se obișnuiseră seară de seară.

În timp ce încerca și ea să se urce, a fost orbită de farurile unei mașini din care au coborât imediat câțiva oameni. Raisa a descălecat iute pubela și s-a îndreptat spre pădure, scoțând un mormăit înfiorător prin care să își atenționeze puii despre pericolul apărut.

Cei doi pui speriați au scos capetele din container și au văzut niște oameni înarmați cu puști îndreptate spre ei. Au coborât în viteză și au început să alerge spre pădure după mama lor, care îi aștepta în întunericul de la poalele codrului.

Două bubuituri puternice și, în mijlocul străzii, zăcea căzut unul dintre pui. Fratele său a mai alergat câțiva metri, dar a picat și el inert pe trotuarul dinspre pădure.

Văzând toată scena, Raisa s-a îndreptat cu toată forța spre cei doi pui, putând auzi gemetele unuia dintre ei. S-a apropiat mormăind atât de tare, încât oamenii treziți de cele două împușcături și adunați pe la geamurile blocului au tresărit cu toții. A început să îl miroasă și să îl roage să se ridice, dar puiul scotea doar câte un geamăt sec și din ce în ce mai stins, clipind, din ce în ce mai rar, din ochișorii umezi, până i-a închis definitiv, iar gemetele au încetat.

Cu sufletul sfâșiat de durere, ursoaica s-a îndreptat spre celălalt pui, însă acesta nici măcar nu mai gemea. Ochii îi erau deschiși, iar pe unul dintre ei i se prelingea un firicel de sânge.

Cum le greșiseră oamenilor? De ce le făcuseră rău, când ei fuseseră doar niște puiuți în căutare de hrană? Hrană pe care nu o mai aveau din cauza acelorași oameni.

Ursoaica s-a ridicat în două labe, lăsând să se vadă cât era de mare cu adevărat, și a pornit cu viteză spre oamenii care îi doborâseră singurii pui. De spaimă, vânătorii au început să tragă haotic, o salbă de împușcături acoperind răcnetele ursoaicei.

Căzută la pământ, cu fața spre armele oamenilor, ursoaica-mamă a mai avut putere cât să își întoarcă greoiul cap spre ursuleții întinși pe asfalt, luptându-se din răsputeri cu pleoapele grele, pentru a-și mai vedea puiuții. Cu un oftat prelung, i s-a închis mai întâi un ochi. Celălalt a mai privit puțin prin ceața tot mai deasă și mai neagră, până s-a închis și el încet.

~ Capitolul 5 ~

Mitruț se apropie cu pași repezi de cușca metalică și li se adresă șoimilor:

— Am două vești pentru voi. Una bună și una rea. Vestea bună e că îl voi scoate pe unul dintre voi din cușcă. Vestea rea e că îl voi scoate să îl gătesc pe foc.

Mistrețul scoase un grohăit asemănător cu un râs răgușit, mândru de glumița sa.

— Eu să fiu acela! Nu l-aș putea lăsa să piară pe vreunul dintre puii mei. Alege-mă pe mine și eliberează-mi fiii, spuse Kabis.

— Ți se pare că te afli în postura de a pune condiții, șoimule? Chiar nu pricepi că nu mai ai nicio putere? În plus, de ce aș alege să-ți mănânc carnea bătrână și putredă, când m-aș putea delecta cu unul dintre feciorii tăi fragezi?

— O să mă sacrific eu, fiindcă v-am băgat în capcana asta, luându-mă după blestematul de porumbel. Eu merit să mor! spuse Gâduț cu un aer solemn și fără ca vocea să îi trădeze vreo urmă de teamă.

— Nu te pot lăsa să faci asta, fiule! îl trase deoparte Kabis.

Nici bine nu termină Kabis de vorbit, că Gâduț era deja la ușa cuștii, pe care Mitruț o deschisese îndeajuns cât să îl poată apuca de gât, sub privirile îngrozite ale lui Avis. Kabis se apropie de porc și încercă să îl ciupească de labă, dar fu izbit cu putere de gratiile cuștii și rămase pe jos fără suflare.

Mitruț își luă prada și plecă spre locul în care își construise un fel de coteț din mai mulți arbuști uscați, iar când ajunse destul de departe pentru a nu mai putea fi auzit, îi spuse lui Gâduț:

— Tatăl tău voia să-și dea viața pentru tine, iar tu l-ai trădat. Dar dacă ai făcut asta pentru mine, prieten îmi ești, grohăi porcul răzând, în timp ce Gâduț privea rușinat în pământ.

Șoimule, nu mai e mult până la alegeri. Trebuie să ne punem pe treabă și să le câștigăm. Du-te și ia-ți locul de Șef al Veștilor și dă sfară-n țară că Brun și tot neamul lui de urși le-au cedat oamenilor pădurea în schimbul hranei pentru ei, asta în timp ce alte animale abia trăiesc de pe o zi pe alta. Să fii atât de convingător, încât niciun animal să nu pună la îndoială acest zvon.

— Se vede că nu te pricepi, porcule. În lumea veștilor, o minciună repetată la nesfârșit devine adevăr pur și nici chiar cea mai bună dezmințire nu mai e crezută.

— Bine, du-te și fă-ți treaba și întoarce-te apoi să stabilim următorii pași.

~ Capitolul 6 ~

Gâduț ajunse în pădure la cuibul veștilor și îi chemă pe toți șoimii la el.

— Am să vă dau o veste groaznică, dar pe cât de groaznică, pe atât de adevărată. Cu vocea tot mai tremurândă, șoimul își continuă discursul, ceilalți urmărindu-l cu toată atenția: Astăzi, tatăl și fratele meu au căzut pradă unor vânători. Mergeam să verificăm o știre și am fost luați prin surprindere. Doar eu am apucat să zbor până la o stâncă înaltă, unde m-am adăpostit într-un cuib adânc și părăsit. Am așteptat acolo plecarea oamenilor, măcar să-mi îngrop familia cum se cuvine și să nu o las pradă hienelor înfometate, dar se pare că trupurile lor le-au fost trebuincioase oamenilor, căci le-au luat cu ei.

— Ești sigur că au fost nimeriți? Kabis, deși bătrân, rămâne cel mai rapid șoim dintre noi, iar Avis, deși încă tânăr, are cea mai ageră privire din tot neamul nostru. Cum e posibil oare să fi căzut victime unor vânători?

— Cum crezi că aș putea face asemenea afirmații fără să fiu sigur? Am văzut cu ochii mei!

— Vestea asta va întrista toată pădurea, spuse Dodo, cu lacrimi în ochi.

— Așa e, dar chiar și cu sufletele măcinate, va trebui să ne facem în continuare treaba. Suntem mesagerii știrilor, iar animalele trebuie să fie bine și cu adevărat informate. De azi, eu voi fi Șeful Veștilor și al vostru. Promit că nu-mi voi face tatăl de râs, așa cum nici el nu și-a dezamăgit tatăl. Acum, până nu se întunecă, mergeți și dați vestea peste toată pădurea, mai puțin în mlaștină. Cei pedepsiți acolo nu trebuie să fie la curent cu întâmplările din pădure.

Pe măsură ce vestea se răspândea, tot mai multe animale se întristau, iar unele chiar izbucneau în plâns. Kabis era iubit printre animale, fiindcă era un șoim onest, care niciodată nu lansase vreun zvon fals sau neverificat, iar dispariția lui stârnise multă durere, mai ales că pierise împreună cu Avis, pe care viețuitoarele pădurii îl vedeau viitorul Șef al Veștilor.

Chiar și Brun se întristă foarte tare la aflarea celor întâmplate, dar după cum spunea Cartea Pădurii, îl chemă la el pe Gâduț pentru a-l numi oficial Șeful Veștilor.

— În primul rând, îți transmit sincerele mele condoleanțe pentru pierderea tatălui și fratelui. Nu am ascuns niciodată de nimeni faptul că eram bun prieten cu Kabis, dar în același timp nu i-am impus niciodată ce vești să răspândească sau nu. Mă încred că vei fi la fel de drept ca tatăl tău, mai ales că urmează momentul în care animalele își vor alege conducătorul și vor apărea multe zvonuri false. Va trebui să le verifici și să nu răspândești vreunul fals, căci tare mult ar putea dăuna.

— Mulțumesc pentru frumoasele cuvinte, stăpân al pădurii. Cât despre răspândirea veștilor, te asigur că nicio știre nu va ajunge la urechea vreunui animal fără știința mea. Nu voi aproba vreo veste până nu o voi verifica personal. Dar dacă va fi adevărată, chiar de nici ție nu îți va plăcea, să nu te aștepți să rămână în tăcere, că așa ceva nu se va întâmpla.

— Doamne, ferește, șoimule, nici nu am insinuat așa ceva. Până și în Cartea Pădurii scrie că șoimii au libertate deplină în răspândirea știrilor, iar pentru mine acea Carte e sfântă, nu am încălcat nimic din ce scrie în ea de când conduc pădurea.

— Prea bine, Rege. Acum te las, că am multe treburi și multe zvonuri de verificat. Cât despre alegerea noii conduceri, mult succes să ai, bătrâne urs.

Gâduț se întoarse la mlaștină cu grijă, pentru a nu fi observat.

— Porcule, în câteva săptămâni vei avea tot ce îți dorești. Și asta datorită mie!

— Adică vom fi stăpânii pădurii! Mă rog, din umbră, dar noi vom conduce.

— Exact, porc-mistreț. Ai băgat la cap. Noi vom conduce pădurea, din spatele Gizeldei. Fii atent, după calculele mele, mâine poți părăsi mlaștina, se îndeplinește termenul. Tot mâine se anunță candidații pentru titlul de Rege. După cum stă datina, anunțarea și prezentarea candidaților se fac de către Șeful Veștilor, adică de către mine. Apoi, vom mai avea o lună la dispoziție să convingem animalele că Gizelda e cea mai bună variantă de votat. Ai vorbit cu ea?

— Normal. I-am explicat tot.

— Cum adică i-ai explicat tot? Doar nu i-ai povestit planul nostru.

— Șoimule, dar cam prost mă crezi tu pe mine. Normal că nu i-am explicat adevărul. I-am zis cât de potrivită ar fi ea ca Regină a animalelor, cât e ea de deșteaptă și de frumoasă. Ar fi trebuit să o vezi pe scroafă cât era de încântată. Dacă la început a avut ceva dubii, acum e convinsă că e cea mai potrivită pentru a conduce pădurea. I-am zis și că noi doi o vom ajuta și i-am atras atenția că, în cazul în care nu ni se va supune, o vom schimba când dorim. Săraca, m-a crezut. Eu ți-am zis că e tolomaca perfectă.

— Bun. Mâine, la ora 12:00, să fii cu Gizelda în luminiș, la locul adunărilor. Vor fi acolo toate animalele pădurii, iar eu le voi prezenta candidații. Se pare că vor candida doar Brun, Gizelda și Cumpaș.

— Cumpaș? Cumpaș nu e hiena aia care se hrănește cu cadavre? Cine ar vota o hienă?

— Pe Cumpaș eu l-am convins să candideze.

— De ce? Nu înțeleg. Nu vrei ca Gizelda să câștige?

— Păi tocmai d-aia, porcule. Sunt animale care l-ar vota pe Brun, dar dacă va candida Cumpaș, îl vor vota pe el. Are și Cumpaș familie. Dacă îl votează chiar și numai haitele de hiene, tot rupem o grămadă de voturi de la Brun. Înțelegi manevra?

— Aaa, deci candidează numai ca să ia din voturile lui Brun, e doar de umplutură.

— Bravo, porc-mistreț. Acum trebuie să plec, ne vedem mâine la 12:00.

~ Capitolul 7 ~

A doua zi, la ora 12:00, așa cum era stabilit, toată suflarea era adunată în luminiș. Era locul în care se îngrămădeau de fiecare dată când avea loc vreo ședință ori vreun eveniment important. O ridicătură de pământ, lucrată cu meșteșug de niște cârtițe, era folosită drept scenă pentru amfitrion. Acolo se afla acum Gâduț, căruia, în proaspăta sa calitate de Șef al Veștilor, îi revenea sarcina de a prezenta candidații pentru funcția de Regele Pădurii. Cu un aer important, acesta își începu discursul:

— Bună ziua, dragi animale! Așa cum prevede sfânta noastră Carte a Pădurii, ne-am adunat astăzi aici, la fel cum au făcut-o din patru în patru ani iubiții noștri strămoși, pentru a vă prezenta animalele care candidează la funcția de Rege. Mă simt onorat să fiu eu acela care îi prezintă, cu toate că mi-aș fi dorit ca tatăl meu să poată face asta. Primul candidat pe care îl voi invita să își rostească discursul este Brun, Regele în funcție, cel care își dorește să conducă pădurea în continuare. Dragă Brun, te rog să vii alături de mine și să le adresezi câteva cuvinte animalelor.

Ursul urcă agale pe scenă și, cu privirea blândă și plină de înțelepciune, rosti:

— Dragi frați, din păcate, situația din pădure este una complicată, deoarece, așa cum știți deja, teritoriul nostru a fost grav afectat de intervenția oamenilor care au construit un cartier, defrișând o bună parte din habitatul nostru. Cu toate astea, am încredere că împreună vom reuși să trecem peste aceste greutăți și să găsim un echilibru, astfel încât hrana să nu mai lipsească nimănui.

Brun dori să continue, dar fu brusc întrerupt de Gâduț, care îi mulțumi pentru discurs și îl invită pe următorul candidat.

— Următorul candidat este hiena Cumpaș.

Auzindu-și numele, hiena costelivă urcă și ea pe movilă, sub privirile uimite ale animalelor.

— Așa nu se mai poate! E o bătaie de joc! Un singur lucru am de zis: eu o să mor cu ei de gât!

Cumpaș intră înapoi în mulțime, iar Gâduț prezentă ultimul candidat.

— Urmează acum Gizelda. Haideți, doamna Gizelda, poftiți pe scenă!

Gizelda era o mistreață foarte grasă, iar coama ei semăna cu o pânză de corabie-n vânt. Era un animal cumsecade, văzut cu ochi buni printre gospodinele pădurii, știind să facă cea mai gustoasă dulceață din jir, dar inteligența îi lipsea cu desăvârșire. Ea avea mari probleme în a-și duce o idee până la capăt și se exprima greoi. De altfel, animalele care o cunoșteau nu înțelegeau ce făcea ea acolo, în postura de candidat pentru o funcție cu o răspundere așa de mare. Ar fi putut cu ușurință să dea sfaturi cuiva despre gătitul ghindelor sau despre cum poți scoate o pată de mure din blană, dar în niciun caz nu ar fi fost capabilă să conducă pădurea.

Dar vicleanul Mitruț o făcuse să creadă că merită această funcție, ba chiar că ea era cea mai potrivită, iar acum era convinsă că nimeni nu ar putea face asta mai bine decât ea.

Gizelda urcă și ea pe scenă, pășind cu o grație care dispăru brusc în momentul în care se împiedică de un mușuroi de furnici. Scroafa se împodobise ca-n zi de sărbătoare, etalându-și cu fală numeroasele bijuterii de prost gust, brățări din păpădii și cercei de un mov strident, confecționați chiar de ea, grosolan și neîndemânatic, din niște viorele ofilite.

— Bună ziua la toate animalurile!

După prima replică, Gâduț înghiți în sec și se uită nervos spre Mitruț. Gizelda își reluă discursul, fără să bage în seamă cele câteva chicoteli care se auziseră din public.

— Orice animal îi e frică de foame, dar foamea va dispare cu mine în frunte. Adică vreau să zic că nu voi dispare și eu, ci decât foamea. Eu voi rămâne. Promit că toate animalele va avea ce să mănânce și ce să lucreze. He, he! Eu vă rog ca să mă votați pe mine, ca să nu mai fie sărăcie. O să creștem furturile, pardon, o să reducem furturile. O să rezolv toate problemele care le aveți și o să mă anexez pe rezolvare la toate problemele.

Văzând că Gizelda scoate numai prostii pe gură, Gâduț o opri și luă cuvântul de final:

— Aceștia sunt candidații, veți avea timp o lună să hotărâți și, deși nu am voie să vă spun cu cine să votați, vă reamintesc cât de important este votul vostru. De aceea, vă rog să nu lipsiți luna viitoare de la votare.

~ Capitolul 8 ~

— Doamne, cât e de înghesuită, săraca!

— Nu ai zis să găsesc pe cineva de încredere și suficient de prost încât să nu se deștepte vreodată?

— Ba da. E perfectă. Și va câștiga alegerile. Avem o lună la dispoziție, iar totul ne este favorabil. Puii de animale nu prea mai fac școală, generația asta va fi una de băzăuci pe care îi vom manipula foarte ușor. În plus, mâine voi lansa zvonul care îl va face pe Brun să devină istorie.

Discuția dintre Gâduț și Mitruț avea loc departe de ochii animalelor, lângă mlaștina de la marginea pădurii, acolo unde puține animale se încumetau să meargă.

A doua zi, Gâduț chemă toți șoimii pentru a le da cutremurătoarea veste.

— Cu multă durere vă spun, abia mi-a venit să cred și mie, dar, din păcate, e adevărat. Brun, Regele nostru, a căzut în păcat și ne-a trădat. Pe toți ne-a trădat! Iar asta trebuie să afle animalele numaidecât.

— Cum adică ne-a trădat? Ce-a făcut? Brun nici măcar nu poate fi bănuit de vreo trădare.

— Așa credeam și eu până azi-noapte, când am văzut cu ochii mei. Am auzit niște zvonuri cum că Brun a făcut un pact cu oamenii, în sensul că le-a cedat o bucată de pădure în schimbul asigurării unui trai luxos lui și familiei sale, cu hrană la discreție.

— Dar știm cu toții că Brun coboară noaptea în oraș și mănâncă din gunoaiele oamenilor tocmai pentru a rămâne mai multă hrană în pădure. Știm cu toții cum au fost uciși cei doi pui și ursoaica.

— Nimic mai fals. Azi-noapte i-am văzut cu ochii mei pe toți patru. Se înfruptau din cele mai alese bucate chiar în oraș, sub privirile amuzate ale unor oameni care îi fotografiau.

— Vrei să spui că puii lui trăiesc?

— Trăiesc chiar foarte bine. La fel și ursoaica. Au făcut totul de fațadă, ca să ne păcălească și să nu aflăm că le-au dat pădurea noastră scumpă oamenilor. Haide, nu avem timp de pierdut, trebuie să răspândim vestea în toată pădurea. Să nu fie animal care să nu audă grozăvia. Lumea trebuie să cunoască trădarea.

— Dar stai! Eu știu că o știre trebuie temeinic verificată, din trei surse măcar, interveni Dodo.

— Ce vrei să insinuezi? Că nu mai văd eu bine? Cumva îmi pui la îndoială autoritatea? Mai repede, zburați și răspândiți vestea!

Dură puțin până primul șoim își luă zborul, apoi fu urmat de toți ceilalți. În câteva ore, toată pădurea vuia. Familii întregi de bursuci șușoteau ca să se ferească de urechile altor animale, deși toate viețățile pădurii vorbeau despre același lucru. Veverițelor nu le venea să creadă, iar lupii erau și ei dezorientați. Vestea căzu ca un trăsnet peste animalele pădurii și se vorbi atât de mult despre asta, încât după câteva zile, exact cum anticipase Gâduț, rămăseseră foarte puține animale care să mai aibă îndoieli în legătură cu veridicitatea știrii.

Brun aflase și el zvonul din pădure și încerca din răsputeri să îl combată. Le amintea animalelor cum și-a pierdut soția și cei doi pui chiar din cauza oamenilor, dar răspunsul animalelor venea tăios ca un satâr: „Lasă, am auzit noi că, de fapt, nu au murit și o duc bine mersi printre oameni."

Minciuna prinsese titlu de adevăr. Animalele nu mai puteau fi convinse de nimeni că se lăsaseră manipulate.

Pe de altă parte, Gizelda, ghidată îndeaproape de Mitruț, făcea zilnic kilometri întregi prin pădure și se întindea la povești cu orice animal i se ivea în cale. Le promitea animalelor prosperitate, bogății, belșug și hrană la discreție și gratuită. Toate vietățile urmau să aibă o viață lipsită de griji, fără muncă, în care totul să le vină la nas fără niciun efort. Le promitea raiul pe pământ.

Cumpaș, hiena, umbla și el prin pădure, ducând în spate o pancartă făcută dintr-un brusture imens pe care scria cu zeamă de mure: „Eu mor cu ei de gât!" Mai arunca din când în când câte un mesaj agresiv și promitea și el câte ceva. Paradoxul era că, deși se hrănea cu cadavre, una dintre promisiunile lui Cumpaș era că niciun animal nu va mai muri. Din cauza educației precare a puilor, deveniți cu timpul adulți, hiena reușise și ea să adune destui votanți – insuficienți cât să devină Rege al Pădurii, dar suficienți cât să rupă din voturile lui Brun și să o avantajeze astfel pe Gizelda.

Cu o zi înainte de alegeri, animalele erau împărțite în patru categorii: cele care înțeleseseră că povestea trădării comise de Brun era o minciună și care îl susțineau, cele care erau încântate de promisiunile minunate ale Gizeldei, cele care erau atrase de mesajul agresiv al lui Cumpaș și, în număr mare, cele care nu mai erau deloc interesate să voteze, considerând că oricum nu urma să se schimbe nimic.

Lipsa educației puilor și nepăsarea unora dintre animale, care nu au dorit să rupă puțin din timpul lor pentru votare, aveau să își spună cuvântul și să le afecteze viața grav pentru următorii patru ani. La alegeri s-au prezentat foarte puține animale, iar majoritatea au votat-o pe Gizelda, lăsându-se păcălite de promisiunile fanteziste ale scroafei și manipulate de un zvon fals.

~ Capitolul 9 ~

— Ți-am zis, porcule, că te fac mare! Ți-am zis! Acum haide să sărbătorim victoria!

— Ai avut dreptate, șoim viclean. Pentru asta vei fi mâna mea dreaptă și nu îți va lipsi nimic. O singură problemă ne-a mai rămas de rezolvat.

— La ce problemă te referi? Suntem stăpânii pădurii, nu mai avem nicio problemă!

— Acolo, în mlaștină, a rămas o cușcă cu doi șoimi care pot fi descoperiți oricând. Va trebui să îi ucid.

— Nu, cu asta nu sunt de acord! Îi putem ține închiși pe viață, dar nu trebuie să îi omorâm.

— Șoimule, nu te-am întrebat dacă ești de acord sau nu. Doar ți-am zis, în caz că vrei să profiți de bunătatea mea de a te lăsa să îți iei rămas-bun.

— Porc-mistreț, uiți că eu sunt în continuare Șeful Veștilor și că pot spune oricând adevărul.

— Care adevăr? Cine mai știe care e adevărul? Ce ai să spui? Că nu e adevărat că Brun a trădat animalele? Știu pe cineva care îmi spunea că o minciună repetată la nesfârșit devine adevăr. Aaa, tu mi-ai zis asta parcă. În plus, ce ai să zici, că ți-ai trădat propriul părinte și că ai inventat toată povestea cu Brun? Hai, s-o văd și pe asta, spuse Mitruț râzând, după care continuă: Dacă vrei, te las să îți iei rămas-bun de la ei, bănuiesc că îți dorești asta, dacă tot i-ai dus la pieire. Promit să nu le spun nimic și să îi las să moară cu gândul că ai fost un fiu și un frate bun.

Mitruț și Gâduț plecară spre mlaștină și în scurt timp ajunseră la cușca ce servea drept închisoare pentru cei doi șoimi.

Când îl văzu, Kabis se însenină și exclamă de bucurie:

— Gâduț, fiul meu drag, ești viu!

— E viu datorită sufletului meu bun, interveni Mitruț, mișcând arogant din rât. M-am gândit să-l las să vă ia puțin în brațe, e posibil să nu vă mai vedeți.

Spunând asta, Mitruț deschise ușa cuștii și îi făcu semn lui Gâduț că poate intra.

— Intri, dar nu stai mai mult de cinci minute, că n-am timp de voi!

Gâduț intră în cușcă și fu îmbrățișat de tatăl său, în timp ce Avis îi cuprinse cu aripile pe amândoi.

— Ce reuniune de familie emoționantă! Îmi dă o lacrimă! Dacă stau să mă gândesc mai bine, am să vă las să stați împreună, parcă ar fi păcat să vă rup iar unul de celălalt, spuse Mitruț în timp ce trânti cu putere ușa și o ferecă cu simț de răspundere, sub privirile îngrozite ale lui Gâduț, care nu înțelegea ce se întâmplă.

— Vei avea timp suficient să le povestești ce ai făcut, dar să nu zăbovești prea multe zile. Am să vă mai țin în viață doar atât cât îmi veți fi de folos. Probabil vor fi lucruri pe care nu le știu și va trebui să le aflu de la voi, căci e greu să conduci o pădure fără să ai experiență, iar Gizelda nu e nici ea chiar isteață.

Mitruț plecă râzând cu horcăituri, fără să își mai întoarcă privirea spre șoimi.

— E greu să conducă pădurea? Ce voia să spună cu asta? Cine e Gizelda? Ce înseamnă asta?

Cu lacrimi în ochi, Gâduț le relată șoimilor toată povestea, implorându-i să îl ierte. Kabis avea sufletul rupt în bucăți și spera să se trezească dintr-un vis urât, iar Avis era și el la fel de cutremurat.

~ Capitolul 10 ~

După pierderea alegerilor, Brun se retrăsese în bârlogul său, de unde ieșea tot mai rar, doar cât să mănânce câțiva fragi ori alte plante ușor de găsit în apropierea bârlogului. În oraș nu se mai aventura, ba chiar se întreba dacă nu cumva făcuse o greșeală când alesese să economisească hrana pădurii fix pentru animalele care au ajuns apoi să îl acuze de trădare. Se învinovățea pentru pierderea Raisei și a celor doi pui. În scurt timp, din puternicul Brun rămăsese un biet urs costeliv și gârbovit. Din pieptul atât de impunător odată se mai vedea doar sternul proeminent, de care îi atârna pielea rămasă mult prea mare pentru trupul firav. Își pierduse orice speranță și își ducea traiul cu amar, așteptând reîntâlnirea cu familia pe plaiurile cele mai verzi. Doar Ringo, șeful haitei de lupi, mai trecea din când în când pe la el și încerca să îl aline cu o vorbă bună.

Gizelda, noua Regină a Pădurii, nu făcea nimic fără știrea lui Mitruț și nu îi ieșea din cuvânt. Tot la sfatul lui, scroafa convocase o adunare a animalelor, în care își anunță noile hotărâri care aveau să ducă la o schimbare radicală a modului de trai.

Știrile nu mai erau răspândite de șoimi, ci veneau exclusiv de la Gizelda. Educația animalelor nu mai era obligatorie, iar bătrâna bufniță urma să își vadă de creșterea nepoților, nemaiavând voie să țină lecții cu puii altor animale. Se introdusese ideea de „școală a vieții“, un fel de metodă de educație a puilor prin propriile trăiri, considerându-se că asta le asigura animalelor o instrucție de calitate, nu niște baliverne rostite de o bufniță mult prea bătrână pentru a mai face față vieții moderne.

Pentru a-și ține promisiunile, Gizelda, tot la sfatul lui Mitruț, trimisese trei turme de mistreți într-o pădure virgină din altă țară, unde niciun om nu ajunsese vreodată, iar mediul natural era intact. Porcii se întorseseră de acolo cu tone întregi de furaje pentru erbivore, stârvuri pentru carnivore, ghinde, jir, mure, zmeură, fragi, viermuși și alte soiuri de hrană.

Gizelda avusese cuvânt și, așa cum spusese înainte de alegeri, le asigurase tuturor animalelor hrană gratuită la discreție. Oriunde mergeai prin pădure, dădeai de un bursuc cu burta plină, dormind în mijlocul potecii, sau de un iepure sătul, culcat pe spate fără teama că ar putea deveni vânat pentru un lup flămând. Nici măcar harnicele veverițe nu se mai sinchiseau să adune ghinde pentru iarnă, ci stăteau la taclale toată ziulica, dezbătând fel și fel de știri false pornite de la Gizelda.

Păsările credeau și ele că ar fi fost inutil să își mai tocească ciocurile în coaja copacilor pentru a găsi cu greu vreun vierme nutritiv. Aveau hrană de se strica, așa că nici să se ridice de la sol nu prea mai avea sens.

Un animal cu o boală contagioasă se putea plimba acum liniștit, fără riscul de a fi mâncat de vreo hienă înfometată, căci și hienele, la fel ca lupii și ca toate celelalte animale, erau veșnic sătule.

Puii nu mai învățau cum să-și procure hrana sau cum să vâneze, ci luau totul de-a gata. Bogăția și îndestularea promise de Gizelda existau în pădure și toate animalele erau foarte mulțumite. Doar Mitruț era uneori gelos pe popularitatea de care se bucura Gizelda și se gândea la planul de a deveni chiar el Regele Pădurii.

La propunerea lui Mitruț, Gizelda le ordonă animalelor să construiască o fortăreață enormă, chiar în mlaștină, ce avea să devină adăpostul Reginei Pădurii. Mitruț avusese grijă să ascundă bine șoimii captivi, astfel ca niciun animal implicat în construirea fortăreței să nu poată da de ei.

Terminată, fortăreața se întindea pe o bucată enormă din mlaștină și era împrejmuită de niște ziduri groase și foarte înalte. Castorii construiseră în interior adevărate apeducte și băi luxoase, în care Mitruț se relaxa în fiecare seară, iar la subsol, niște cârtițe săpaseră cu multă trudă galerii imense în care ar fi încăput în picioare chiar și un elefant. Acolo, din ordinul lui Mitruț, nimeni nu avea voie să intre. Era ascunzătoarea perfectă pentru șoimi și o închisoare ideală pentru orice posibil dușman.

După un an atât de îmbelșugat, animalele se îngrășaseră și multe dintre ele se îmbolnăviseră sau chiar pieriseră.

Potecile erau brăzdate de copaci căzuți la pământ, răpuși de insecte dăunătoare. O molimă pornită de la un șoarece bolnav se extindea tot mai repede și afecta pe rând animalele pădurii. Cu toate astea, viețățile erau mulțumite de viețile lor și nimic nu părea că urmează să le strice armonia.

Ce nu știau animalele era faptul că tot acel belșug adus de turmele de porci-mistreți era doar un împrumut, iar acum trebuia restituit. Toată hrana fusese consumată cu nesaț, iresponsabil. Gizelda reușise să mai amâne de câteva ori plata împrumutului, dar până la urmă nu i se mai acceptă întârzierea și își dădu seama că trebuie să ia unele măsuri.

Animalele erau suficient de grase cât să nu mai poată munci și oricum se dezvățaseră de acest obicei. Hrana oferită de pădure fusese neglijată și era acum pe cale de dispariție.

Mitruț o puse pe Gizelda să adune toate animalele în luminiș și să le comunice următoarele strategii de acțiune.

— Bună ziua la toate animalurile mele! Trebuie să vă zic că știu că orice animal îi e frică de foame și de sărăcie. De aceea, de azi va trebui să muncim.

— Să muncim??? Dar cum e posibil așa ceva? întrebă contrariată o pisică sălbatică.

Mitruț îi făcu un semn discret unui mistreț tânăr, iar acesta se duse și scoase pisica din mulțime.

— Nu e chiar o muncă, dar i-am putea spune așa. O să vă explic. După cum știți, la marginile pădurii sunt multe cartiere de oameni. Un cartier de case e chiar aproape de noi. Oamenii are și ei animale domestice în curți și mâncăruri pentru ele. Noi va trebui să mergem în fiecare noapte și să aducem mâncarea aici. Chiar și animalele.

— Adică să furăm? întrebă mirat un bursuc.

Cu același semn discret din partea lui Mitruț, mistrețul tânăr procedă la fel și cu bursucul, pe care îl luă în colți și îl scoase din mulțime.

— Nu vom fura nimic, doar vom lua ce oamenii a furat de la noi. Ei a furat, noi luăm înapoi.

— Ei a furat, noi luăm înapoi! Ei a furat, noi luăm înapoi! strigau în cor niște mistreți din primul rând, dând astfel tonul tuturor.

— Ei a furat, noi luăm înapoi! se auzi apoi strigând toată suflarea.

~ Capitolul 11 ~

Viața în pădure se degradase, iar animalele se împuținaseră. Unele căzuseră pradă bolilor, altele, mai curajoase, dându-și seama că nu aveau traiul pe care și-l doreau, își luaseră lumea în cap și plecaseră spre alte păduri îndepărtate. Cele care rămăseseră erau nevoite ca în fiecare noapte să coboare în oraș și să fure din curțile oamenilor. Tot ce furau aduceau la fortăreața Gizeldei și a lui Mitruț, rareori primind și ele câte ceva din pradă.

Animalele erau istovite, slabe și neîngrijite. Doar Mitruț părea că se îngrașă pe zi ce trece. Doar că tot nu era mulțumit. Deși avea bogății și ducea o viață luxoasă, iar puterea era practic în mâinile lui prin controlul asupra Gizeldei, orgoliul îl făcea să își dorească mai mult. Voia ca puterea absolută să îi fie recunoscută oficial, voia să devină Regele Pădurii.

Dacă la alegerile care avuseseră loc în urmă cu patru ani nu putuse candida din cauză că fusese prins furând, acum avea să facă tot posibilul să candideze și să câștige titlul mult râvnit.

Îi stătea însă în cale Cartea Pădurii, care era sfântă pentru animale și în care se spunea clar că cei prinși cu hoții nu pot deveni conducători. Ba mai mult, Cartea

Pădurii era în continuare păzită de înțeleptul Dosk, un judecător cu principii sănătoase și de neclintit.

Primul pas spre îndeplinirea planului lui Mitruț era îndepărtarea lui Dosk, pentru ca mai apoi să încerce modificarea Cărții Pădurii în așa fel încât și hoții să aibă dreptul să candideze. Problema nu era foarte simplă, pentru că în aceeași Carte scria că judecător al pădurii poate fi doar un animal cu studii de specialitate. Or, aceste animale erau rare, mai ales după ce, în ultimii ani, majoritatea absolviseră cu succes doar așa-numita școală a vieții.

Căutând și întrebând în toate părțile, Mitruț află că mai sunt doar trei animale cu studii demne de judecătorie în toată pădurea. Unul dintre ele era un cerb bătrân care, după ce a înțeles de la Mitruț ce urmărea, a refuzat categoric să ia parte la o asemenea mârșăvie. Nici corbul nu a vrut să ia parte la așa ceva, spunându-i porcului-mistreț că schimbarea Cărții Pădurii ar fi fost oricum imposibilă. Singura variantă rămasă era Tudel, un broscoi râios care trăia într-o baltă pe jumătate secată de la una dintre marginile pădurii.

— Broscoiule, am o propunere care îți va schimba viața.

— Ce propunere ai, porcule? întrebă broscoiul curios, lingându-și cei trei negi de pe obraz.

— Vreau să fii tu judecător în pădure.

— Dar nu mai e Dosk?

— Dosk nu va mai fi. Am nevoie de cineva mai bun decât el. Unul atât de bun, încât să schimbe Cartea Pădurii, care e cam învechită, dacă mă întrebi pe mine.

— Hmmm, înțeleg. Cel mai învechit e articolul ăla care spune că hoții nu pot deveni conducători, așa-i? întrebă broscoiul cu subtilitate, dând cu limba peste negii scârboși.

— Da, râiosule. Văd că pricepi unde bat. Haide, să nu mai pierdem timpul. Accepți sau nu?

— Dacă înțeleg bine, cerbul și corbul te-au refuzat deja, de ai bătut atât amar de drum până la mine.

— Accepți sau îmi pierzi timpul?

— Porcule-mistreț, ia uită-te acolo. Vezi mormolocul ăla care abia învață să înoate? E al meu. Cum l-aș putea lăsa eu singur în viață și să plec?

— Păi, îl poți lua cu tine.

— Și ce să facă el dacă îl iau cu mine? Cum să-și asigure și el hrana cea de toate zilele?

— Broscoi râios, zi ce vrei, lasă pildele astea. Ce vrei?

— Să zicem că aș avea nevoie și de un consilier bun, iar cel mai bun ar fi chiar fiul meu.

— Dar adineauri ai zis că abia învață să înoate. Cum să te consilieze el pe tine?

— Ei, lasă, că eu știu pe cineva care abia știe să vorbească și e ditamai Regele Pădurii. S-o specializa și el chiar la locul de muncă.

— Bine, broscoiule. Fie cum zici tu. De când poți începe? Pardon! De când puteți începe?

— De ieri, porc-mistreț, de ieri.

În următoarele zile, Gizelda îl anunță pe Dosk că nu mai este judecător și că a fost deja înlocuit, iar Tudel își prelua postul împreună cu mormolocul său.

Trecuseră aproape patru ani de când pădurea își schimbase Regele, iar în două luni urmau din nou alegeri. Planul lui Mitruț începuse bine cu schimbarea lui Dosk, dar rămânea ca Tudel să schimbe Cartea Pădurii în așa fel încât mistrețul să poată candida.

Pentru că data trecută se folosise din plin de știrea falsă legată de vândutul pădurii de către Brun, Mitruț și-a dat seama că trebuie să scornească o nouă știre falsă ca să manipuleze animalele, majoritatea nemulțumite de viața din pădure și destul de greu de convins să voteze din nou un porc-mistreț.

Ideea îi veni într-o seară, pe când stătea tolănit în apă caldă și sorbea dintr-o băutură rafinată din jir. Urma să lanseze zvonul că niște animale străine vor să vină să cumpere pădurea și să transforme toate animalele în slugile lor. Doar el ar fi avut puterea să se opună acestui lucru și doar el ar fi fost un patriot atât de serios, încât să își dea chiar viața ca să nu lase pădurea pradă străinilor.

La o săptămână de la apariția știrii false spuse prin intermediul Gizeldei, „nu ne vindem pădurea străinilor" era sintagma cel mai des rostită de animale. Doar hiena Cumpaș își luase din nou pancarta, aceeași de acum patru ani, și umbla cu ea prin pădure, strigând din când în când: „Eu mor cu ei de gât!"

Timpul trecea pe nesimțite, alegerile se apropiau, iar problemele lui Mitruț nu păreau să se rezolve. Tudel trăgea de timp cu modificarea Cărții Pădurii, simțind foarte bine că porcul e la mâna lui și că nu are alternative. În plus, animalele au tot strigat că „vin străinii să ne ia pădurea“, până au început să se întrebe când vor veni, că deja trecuse mult timp de la apariția zvonului și nici urmă de străini prin pădure.

PARTEA A DOUA

~ Capitolul 12 ~

Puiul de câine se trezi din somnul adânc și se îndreptă, încă somnoros, spre locul în care îl aștepta în fiecare dimineață bolul lui cu mâncare. Dimineața trecută îl găsise gol, dar pusese asta pe seama stăpânului uituc. Chiar dăduse vina pe el și se gândise că fusese atât de somnoros, încât uitase că foamea îl trezise adânc în noapte ca să molfăie cu nesaț din castron, așa cum deseori pățesc puii de câine în perioada de creștere. Nicio clipă nu își închipuise că prietenul lui, Cairo, i-ar fi putut mânca hrana fără să îi ceară voie. Cairo era mult prea înțelept și drept ca să facă lucruri de-astea.

— Ține mi-a păpat mâncalea? strigă puiul de câine atât de tare, încât toate celelalte animale se treziră.

Deși devenise un mascul de câine ciobănesc în toată firea, blândețea vocii îi era aceeași de pe vremea când era doar un pui; atunci când vorbea, era la fel se sâsâit. Lucrurile luau însă o cu totul altă turnură atunci când lătra. O făcea atât de gros, încât ar fi alungat orice om sănătos la cap care s-ar fi apropiat cu gânduri rele de curtea pe care el și Cairo o păzeau. Ba chiar și fiarele de prin păduri ar fi făcut pași repezi înapoi la auzul acestui lătrat, izvorât din pieptul imens al câinelui, care depășea cu mult cincizeci de kilograme.

Dar lui Iancu i se spunea în continuare „puiul de câine“, iar de fiecare dată când făcea câte o boacănă, o groapă adâncă în apropierea fundației casei, un papuc ros ori alte năzbâtii, Marian îi lua întotdeauna apărarea, spunând despre el că „este doar un pui“.

— Ce ai, sâsâitule? Iar ai mâncat azi-noapte în somn și ai uitat? Dacă-ți apăs stomacul, sigur e plin, interveni Petrică de la geam.

— Nu am păpat azi-noapte, sunt sigul de data asta. Niți ieli nu mi-am găsit păpica. Țineva îmi fulă mâncalea, ial eu vleau să mai clesc. Si ca să zic dlept, mi-e si foame lău!

— Dragul meu prieten, Pablo nu mănâncă la fel ca noi, Petrică iese rar pe afară, și în niciun caz în toiul nopții sau dimineața, când și-ar uda lăbuțele curate în roua așternută peste curte. De altfel nici nu ar putea mânca un bol plin, iar Otto, deși umblă noaptea pe-afară, nici el nu ar putea mânca așa de mult. Singurul suspect aș putea fi eu, dar sper că nici măcar pentru o clipă nu ai putea să mă bănuiești de așa faptă. Eu ți-aș lăsa și din mâncarea mea, dacă mi-ai cere asta, și aș dormi flămând doar să nu te știu pe tine nemâncat, i se adresă Cairo.

— Bune sunt argumentele tale, câine înțelept, mai puțin partea în care ai zis că eu nu aș putea mânca tot. Numai un alt câine s-ar putea atinge de asemenea lături, căci și să fie cele mai alese specialități de somon sălbatic, eu nu m-aș atinge de bolul ăla slinos în care puiul de câine își varsă balele, adăugă Petrică ironic.

— Cailo, nițio clipă nu m-am gândit la tine. Dal ţineva îmi papă mâncalea. E a doua oală săptămâna asta când găsesc castlonul gol.

— Eu am văzut-o pe Georgiana că l-a umplut aseară, după ce m-a băgat pe mine în căsuță și mi-a pus fân și apă proaspătă. Cineva sigur a furat mâncarea. Trebuie să aflăm neapărat cine. Dar cum putem afla?

Otto privi curios la scenetă și își aminti că în noaptea trecută, în timp ce era pe acoperișul unei case aflate mai aproape de pădure, auzise lătratul câinilor, un lătrat specific lor atunci când simt o fiară sălbatică. Fiind un cartier de la poalele muntelui, cu pădurea aproape, se întâmpla des ca animalele sălbatice să pătrundă în curțile oamenilor în căutare de hrană.

— Dacă nu ați dormi ca porcii, nimeni nu v-ar șterpeli mâncarea. Voi numai câini de pază nu sunteți, într-o bună zi o să vă fure cineva chiar pe voi.

Cairo lăsă capul în jos, rușinat de remarca răutăcioasă a motanului roșcovan, care își reluă discursul.

— Vreți să prindem hoțul? Va trebui să organizăm o pândă. La noapte, nimeni nu doarme. Vom păzi castronul lui Iancu și vom vedea cine vine la furat.

— Și dacă e vreo sălbăticiune de-ale pădurii? Am putea fi în pericol, spuse Otto cu vocea tremurândă.

— Așa e, motan fricos, de aceea va trebui să acționăm inteligent. În mod normal, cu doi dulăi nu ar trebui să ne temem nici de urs, dar Cairo e atât de docil, încât s-ar da la vorbe cu inamicul, iar despre puiul de câine, ce aș putea să mai spun, când el se teme și de propria umbră... Vom construi o capcană. Am nevoie de o cușcă.

— Am eu o cuscă asa mai male, în cale m-au dus pe mine la doctol când elam bolnăviol. Ale si usiță cu încuietoale.

— Perfect, pui de câine! Adu-o aici urgent.

Iancu s-a conformat și a adus cușca. Era un fel de coteț cu partea de jos din material plastic, iar cea de sus cu grilaj metalic. Ușa era și ea făcută din gratii metalice subțiri, dar rezistente. Era destul de mare cât să încapă Iancu în ea.

— E bună. Vom pune bolul cu mâncare în ea, iar ușa o vom lega cu o sfoară lungă până în locul în care veți sta la pândă. Când vă dau semnalul, trageți cu putere și ferecați ușa. Otto, tu vei sta pe acoperiș și vei pândi de acolo. Ne vei da de veste dacă vezi ceva deosebit. La noapte, la ora unu ne vedem aici. Mai devreme sigur nu vine nimeni la furat.

~ Capitolul 13 ~

Era deja trecut de două noaptea, iar Otto stătea încovrigat pe acoperișul casei. Nu îi era somn deloc, dormise toată ziua. Se uită peste celelalte case din apropiere pentru a observa ceva suspect, dar totul părea în regulă. Liniștea profundă a nopții îl făcu să fie năpădit de gânduri și amintiri.

Își aminti cum el și fratele lui stăteau într-o plasă din material textil. Omul care îi băgase acolo mergea grăbit și îi lovea cu genunchiul neintenționat la fiecare pas pe care îl făcea. Abia le apăruseră ochii și nu știau ce li se întâmplă. Otto nu reușise să și-o amintească niciodată pe mama lui, dar știa că avusese un frate și mereu îi venea în minte drumul din plasă.

S-a trezit apoi într-o curte, unde fusese vârât pe sub poartă. Atât de mici erau și el, și fratele lui, încât încăpuseră pe acolo. El a rămas în curte, dar fratele lui a ieșit pe sub poartă și de atunci nu l-a mai văzut. Curtea aceea i-a devenit casă. Acolo i-a găsit pe Petrică și pe Fram, un câine mare, alb și foarte blând. Apoi a venit Cairo, ciobănescul german, urmat de Pablo și mai apoi de Iancu. Fram s-a prăpădit, săracul, și ce câine bun era...

Gândurile motanului fură întrerupte brusc de niște lătrături de câini. Erau aceleași pe care le auzise cu o noapte în urmă, specifice apropierii unui animal din pădure. Pablo a auzit și el, și a bătut de câteva ori cu copita în podeaua de lemn, pentru a-i face pe toți atenți.

— Țe e, țe e? E țineva? Ține e, ține e? întreba Iancu plin de curiozitate și de adrenalină.

— Fă liniște, pui de câine! îi șopti Cairo.

Petrică se uita de pe marginea pervazului direct la ușa cuștii și aștepta să dea semnalul câinilor. Era atât de întuneric, încât până și privirea lui de felină îi juca feste, dar putea distinge forme. Ceva se apropia încet, cu pași mărunți și eleganți, fără să scoată niciun zgomot. Era cu siguranță un animal, dar Petrică nu își dădea seama ce fel de animal. Aducea cu o pisică, dar era ceva mai mare. Conturul i se oprise în ușa cuștii, semn că nu prea dorea să intre acolo.

— Haide, intră, infractorule! își spuse Petrică în gând.

Dar animalul adulmeca în continuare ușa și nu intra, parcă simțind că i se pregătise o capcană.

Abia după câteva minute, silueta se observă înăuntrul cuștii, iar Petrică traversă casa și dădu semnalul câinilor. Aceștia traseră rapid de sfoară și, aproape simultan, Cairo făcu un nod strâns în jurul vișinului bătrân. Din cușcă se auzeau zgomote puternice, fiind clar că un animal se lovea cu putere de zăbrele, dorind să scape din capcană.

Otto se dădu jos de pe acoperiș și așteptă alături de celelalte animale ca Petrică să iasă din casă și să aprindă o lanternă.

Dintr-odată, se făcu lumină.

— Mamăăă, țe e asta? întrebă uimit puiul de câine.

— E o vulpe! răspunse Cairo uimit de ce-i vedeau ochii.

— Da, e o vulpe care pute de la un kilometru și care v-a furat mâncarea fără ca voi să o simțiți! Cum să nu adulmecați voi un așa miros, câini incompetenți? strigă Petrică.

Cairo voia să dea niște explicații cum că ei dorm după casă, unde mirosul vulpii nu are cum să ajungă, dar a fost întrerupt de animalul speriat.

— Vă rog, vă rog să mă eliberați!

— Uite la ea, că și vorbește! exclamă Petrică.

— Vrei să te eliberăm? Ce dorințe mai ai? Un ceai, un masaj, altceva? reluă ironic motanul.

— De ce ai venit la furat? întrebă Pablo.

— Domnilor, dați-mi voie mai întâi să mă prezint și apoi vă explic ce m-a îndemnat să fac asta. Numele meu este Viktor și sunt un vulpoi bătrân și onest. Nu aș fi făcut asemenea fapte reprobabile dacă nu aș fi fost împins la asta de disperare. De foame, mai precis.

— Un vulpoi bătrân și onest? Ăsta e un oximoron!

— Până la ulmă e vulpoi sau oximolon? Eu nu mai înțeleg. Vulpoi sau oximolon?

— Pui de câine neinstruit, oximoronul e o figură de stil care combină doi termeni contradictorii. În cazul de față, „vulpoi bătrân" și „onest". Nu există așa ceva, vulpoii sunt ființe viclene, iar dacă mai sunt și bătrâni, cu atât mai mult sunt mai departe de onestitate.

— Dar lasă-l să ne explice de ce a venit la furat, interveni Pablo.

— Prea bine, cămil nebun. Te ascultăm, vulpoiule onest. Apoi hotărâm dacă te jupuim să-ți vindem blana sau te lăsăm în libertate.

Vulpoiul avea o frumusețe rară. Botul foarte ascuțit era flancat de niște mustăți îngrijite și foarte lungi, iar ochii erau pătrunzători și trădau faptul că animalul trecuse prin multe la viața lui. Blana roșcată lucea a sănătate, iar coada oricum stufoasă semăna, din cauza spaimei, cu un imens pămătuf de curățat praful.

— Nu ați putea să îmi dați drumul mai întâi? Ca să stăm de vorbă ca oamenii, cum s-ar spune?

— Nu ai vrea tu și o cafea cu niște biscuiți? Aș putea să pun puiul de câine să îți facă un masaj la tălpi cât ne povestești. Ce zici? Vrei așa?

Vulpoiul își dădu seama că oferta lui Petrică era ironică și că trebuia să-și spună povestea din cușcă.

— Dragii mei prieteni...

— Hopa! Prieteni? Dragi? D-aia ai venit la noi la furat? De dragi și prieteni ce-ți suntem? Nu-ți suntem prieteni, vulpoi bătrân! Zi mai departe, dar lasă lingușelile!

— După cum vă spuneam, mă numesc Viktor și vin din pădure.

— Aaa, din pădure? Dacă nu ziceai asta, aș fi crezut că vii din Piața Sfatului. Normal că vii din pădure.

— Da, din pădure. Din pădurea asta de lângă voi, pe care probabil că o cunoașteți.

— Da, domnule vulpoi! Noi mai melgem la plimbale acolo, cu Malian si Geolgiana, dal Petlică nu vine, că el e motan de inteliol.

— Problema e că peste pădure s-a abătut foamete mare. Animalele sunt nevoite să își caute hrana pe unde pot, urșii coboară în oraș, lupii ajung adesea și ei pe drumuri de-ale oamenilor, iar noi, vulpile, am înțeles că tot de prin curțile oamenilor mai putem pleca cu vreo găină sau rață. Sau, în cazul de față, să mâncăm din hrana câinilor domestici.

— Mda, trebuie să recunosc că aici nu minți. Cu siguranță trebuie să fii lihnit ca să te poți măcar apropia de bolul cu lături al puiului de câine bălos. De altfel, nici tu nu miroși tocmai a lavandă. De fapt, puți de mi-ai desfundat nasul. Dar de ce e foamete mare în pădure?

— Povestea e lungă, dar v-o zic cu mare plăcere și, în același timp, cu mare amărăciune în suflet.

— Suntem numai ochi și urechi!

~ Capitolul 14 ~

— Până acum câțiva ani, pădurea era bogată, iar hrana nu lipsea pentru nimeni. De la cel mai mic animal la cel mai mare, nimeni nu cunoștea foamea. Desigur că lupte pentru supraviețuire se dădeau și atunci, dar erau acele lupte care asigură echilibrul în natură. Cei mai slabi piereau, devenind astfel hrană pentru vreo hienă răpciugoasă și înfometată. Pe vremea aia, pădurea era condusă de urși. Brun era conducătorul animalelor, căpetenia urșilor și a tuturor lighioanelor pădurii.

— Cum? Nu leul este legele animalelol? Eu asa am învățat.

— Pui de câine, singurii lei de la noi din țară sunt cei pe care trebuie să-i produci tu pentru mine! Lasă vulpoiul să-și continue povestea!

— Din păcate, o bună bucată din pădure a fost defrișată, teritoriul nostru a fost micșorat, iar hrana s-a împuținat. Oamenii au construit cartiere întregi în locul pădurii, ne-au invadat spațiul și ni l-au micșorat. Brun era tot mai necăjit și încerca să împace pe toată lumea. Așa că a ales ca el, împreună cu familia, să își procure hrana din oraș, lăsând animalelor din pădure sutele de kilograme de fructe de pădure pe care le-ar fi consumat ei în mod normal. De altfel, urșii sunt cam singurele animale care pot coborî în oraș fără să se teamă de oameni, cu toate că au mai fost cazuri în care au fost împușcați. Chiar familia lui Brun a pierit de mâna omului, pe când se afla în oraș, în căutare de hrană. Fiindcă foametea făcea ravagii printre animale, unele dintre ele au început să adopte metode necinstite de a-și procura mâncarea.

— Adică s-au apucat de furat! conchise Pablo.

— Exact. Au început să se fure între ele. De aceea, Brun a luat măsuri și a dat legi dure. Multe animale au fost pedepsite sau chiar alungate din pădure. În plus, animalelor care furau le-au fost interzise multe dintre drepturi, inclusiv cele de a alege și de a fi alese în funcții de conducere.

— Stai așa! Tu vrei să zici că în pădure există legi, pedepse și funcții? întrebă nedumerit Otto.

— Normal că există. Totul e foarte bine organizat. Sau cel puțin era... Mitruț, un porc-mistreț foarte gras și lacom, a fost prins furând mâncarea unor pui de veverițe.

— A furat de la copii adică.

— Da. De la copii. Brun i-a interzis toate drepturile și l-a alungat din pădure, iar Mitruț s-a așezat într-o mlaștină de la marginea pădurii, jurând că se va răzbuna. Așa că a pus la cale un plan prin care să câștige puterea și să ajungă Regele Pădurii. Pentru a reuși asta, Mitruț și-a atras de partea lui șoimii, cei care văd tot ce mișcă prin pădure și care aduc veștile.

Mai exact, porcul și l-a făcut partener pe Gâduț, promițându-i că îi va da hrană gratuită pentru tot restul vieții. Șoimii urmau să lanseze vestea că, noapte de noapte, urșii coboară din pădure și merg în oraș, unde se întâlnesc cu oameni care le dau de mâncare.

— Dar chiar se întâmplă asta. Și noi am auzit că oamenii hrănesc urșii care coboară în oraș. De ce ar fi o știre falsă?

— Stați să vă zic tot. Șoimii au dat vestea asta tuturor animalelor, spunând că mâncarea pe care o primesc urșii de la oameni reprezintă, de fapt, recompensa în schimbul cedării unei bucăți mari din pădure, cea pe care oamenii au defrișat-o și au construit blocuri.

— Carevasăzică, șoimii le-au indus animalelor ideea că urșii sunt în cârdășie cu oamenii și că au vândut pădurea, spuse Petrică.

— Exact! Vă închipuiți însă că asta e o mare minciună. Dar multe dintre animale sunt naive, iar faptul că știrea asta li s-a repetat luni întregi le-a făcut ca, în final, să o ia de bună. Ba chiar au ajuns să creadă că Mitruț a fost alungat tocmai pentru a nu le strica urșilor pactul cu oamenii. Și, dacă vă vine să credeți, deși furase de la copii, Mitruț era văzut ca o victimă și i se plângea de milă. Desigur că șoimii pompau non-stop știri false despre urși, făcându-i să pară niște monștri care voiau să vândă întreaga pădure. Așa se face că, pe fondul nepăsării, sărăciei și naivității unora dintre animale, la ultimele alegeri, Brun nu a mai fost votat, iar puterea a ajuns în mâinile lui Mitruț.

— Parcă ziceai că lui Mitruț îi fuseseră retrase toate drepturile. Cum a ajuns el să conducă pădurea?

— Simplu. Pentru a părea că el e corect și respectă legile, deși pozează în continuare în inocent, cea care a candidat a fost Gizelda.

— Gizelda? Cine e Gizelda?

— Gizelda e soția lui Mitruț. E o scroafă foarte grasă, cumsecade ea de fel, dar extrem de proastă. Nu știe nici măcar să citească și abia grohăie în alte limbi. E incredibil de tolomacă. E exact ce-i trebuie lui Mitruț pentru a controla totul.

— Mda... aveți o viață tare tumultuoasă voi acolo, în pădure. Acum, că ți-ai terminat povestea, va trebui ca noi să hotărâm ce facem cu tine. Oare cât am putea lua pe o blană de vulpe? întrebă Petrică sub privirile îngrozite ale lui Viktor.

— Încetează, Petrică! Nu mai speria bietul animal. Mai bine l-ai elibera din capcană, spuse Pablo.

— Dragii mei, așa cum vă spuneam, sunt un vulpoi cinstit. Rogu-vă, eliberați-mă, căci promit să nu fiu agresiv cu voi.

— Ha, ha, ha! Cum ai putea fi agresiv, vulpoi prefăcut? Sau, mai exact, care ar fi problema noastră dacă ai fi tu agresiv? Tu vezi ce dulăi am eu aici? întrebă Petrică, în timp ce își puse o lăbuță pe Cairo și una pe Iancu.

— Stimate domn vulpoi, dacă spuneți că sunteți onest, de ce ați intrat la noi în curte pe furiș și ne-ați furat mâncare? Noi suntem animale civilizate și am fi înțeles dacă ne-ați fi spus că sunteți înfometat. Am fi putut rezolva cumva problema asta, adăugă Cairo.

— Scumpul meu ciobănesc german, apreciez înțelepciunea și vorbele tale, însă pariez că nu ai fost lovit de foame niciodată până acum. Foamea face din cel mai cinstit negustor un hoț, iar din cel mai blând animal, o fiară.

— E drept ce spuneți, domnule vulpoi, nu știu cum e să îți fie foame, stăpânii noștri ne asigură toată hrana. Probabil aveți dreptate, deși, fără să vă fie cu supărare, cred în continuare că furatul rămâne un gest nedemn.

— Ia, gata cu pălăvrăgeala. Vindem blana de vulpe sau îi dăm drumul? Că deja mi-a mutat nasul duhoarea asta.

— Deschide-i, Petrică, ușa, și lasă-l să meargă acasă. Probabil are și el o familie care îl așteaptă, spuse Pablo.

— Alpacă dragă, ai un suflet mare, dar eu nu am o familie, din păcate. Mama mea a murit când eram doar un pui. Într-o clipă de neatenție, a călcat într-o capcană pusă de braconieri, care i-a zdrobit piciorul. Ca să scape, a trebuit să își mănânce genunchiul și să rămână cu trei picioare. Pe mine mă lăsase în vizuină și plecase după hrană. Mi-a povestit că la mine se gândea pentru a găsi puterea de a-și mânca piciorul. Era singura ei șansă ca să mai ajungă la mine. Așa, în trei picioare, a reușit să vâneze și un iepure pe care mi l-a adus. Din păcate, rana de la picior s-a infectat, iar în câteva săptămâni, mama și-a dat ultima suflare.

— Impresionant! Stau să mă întreb dacă am văzut undeva filmul ăsta, spuse Petrică ironic, nemișcat deloc de drama vulpoiului.

— Și tatăl tău?

— Pe tata nu l-am cunoscut niciodată. A murit răpus de o vânătoare, pe vremea când mama mă purta încă în pântece.

— Îmi pale lău, domnule vulpoi.

— Ei, s-au dus. Vedeți voi, dragii mei prieteni, în sălbăticie, viața e mult mai grea. Acum, dacă sunteți buni, v-aș ruga să mă eliberați, să mă duc și eu acasă. Se crapă imediat de ziuă și nu aș vrea să mă prindă lumina prin curțile oamenilor.

— Bine, o să-ți dau drumul de data asta, dar dacă te mai prind pe aici, cojoc fac din tine, spuse Petrică în timp ce deschidea ușa.

Vulpoiul se strecură afară, mulțumi frumos și se făcu nevăzut, străbătând întunericul nopții.

— Avea blană faină mincinosul ăsta de vulpoi. Am fi putut s-o vindem pe net. Luam ceva bani pe ea.

— Haide, Petrică, încetează! Era doar un biet vulpoi leșinat de foame, spuse Pablo.

— Cămilule, vulpoiul a mințit în tot ce a zis, ascultă aici, că eu am fler. Numai în poveștile lacrimogene ale vulpoilor nu mai credeam eu. Până și ursul a rămas fără coadă pentru că a crezut în vulpe. Gata, la somn acum.

~ Capitolul 15 ~

În fața porților înalte, opulente, sculptate cu meșteșug de castori pricepuți, coada de animale creștea pe măsură ce se crăpa de ziuă. Doi lupi scheletici trăgeau cu greu de o oaie însângerată, târând-o epuizați până în fața porților. O hienă jigărită și costelivă târa încet o bucată dintr-un stârv de cal, iar un dihor ținea în colți o găină. Celelalte animale aveau câte ceva de mâncare, dar niciuna nu mânca, deși toate erau slabe și înfometate.

Porțile se deschiseră larg, doi mistreți grași și băloși ieșiră în calea animalelor, iar unul dintre ei strigă cu putere:

— Stăpânii noștri, Gizelda și Mitruț, s-au trezit și vă așteaptă! Intrați pe rând și nu uitați să le acordați respectul cuvenit!

Primul intră dihorul, ținând strâns de găina pe care o furase noaptea dintr-o curte.

— O găină? Atât ai muncit tu toată noaptea? răcni Mitruț extrem de nervos.

— Iertare, stăpâne! Noaptea a fost scurtă, iar câinii sunt tot mai mulți și mai ageri prin curțile oamenilor. Abia am scăpat cu viață. În plus, puterile îmi sunt sleite, nu am mâncat nimic de o săptămână. Dacă nu e cu supărare, v-aș ruga să-mi lăsați și mie o jumătate din găina asta. Mi-aș recăpăta puterile și aș fi mai aprig la vânat.

Mitruț ridică un bici, pe care îl roti de trei ori în aer, după care îl izbi cu putere de pământ, la câțiva centimetri de botul dihorului.

— Mult tupeu ai, ghioarlă! Să furi trei găini la noapte și îți las și ție una. Până atunci, dispari din fața mea, până nu te-oi trăsni cu biciul!

Gizelda stătea pe un tron înalt, lângă Mitruț, și își întorcea privirea la fiecare gest de tiran al soțului. Ba uneori chiar îi șoptea:

— Nu mai fi atât de răutăreț!

— Răutăcios ai vrut să spui, tolomaco! De când îți permiți tu să-mi dai sfaturi? Ai uitat cumva cine ești și cine ai fi fost dacă nu eram eu? Vezi-ți de lungul râtului!

Mica ceartă fu întreruptă de hienă, care îi lăsă la picioare lui Mitruț bucata de cal putrezit.

— Incredibil! Ce să fac cu ăsta, hienă netrebnică? Nu vezi că e putrezit tot? Nu ți-e rușine? Cum te numești tu, băiețaș?

— Sunt Cumpaș, mare șef! Unul dintre cei mai vrednici slujitori ai tăi.

— Oprește-te, oprește-te, mă gâdilă! strigă Gizelda râzând în hohote, în timp ce hiena îi lingea picioarele înnămolite.

— Dacă mai vii cu putreziciuni la mine, tu vei fi următorul care va putrezi! Dispari acum!

— Am înțeles, Excelența ta!

Hiena plecă umil capul în jos, nu înainte de a-i pupa picioarele și lui Mitruț, apoi își luă pancarta pe spinare și începu să umble prin pădure strigând: „Mor cu ei de gât!“

Aproape toate animalele abandonaseră cele adunate de prin curțile oamenilor. Doar unul rămăsese ultimul și se apropia sfios de tronul lui Mitruț.

— Stăpâne, îmi pare nespus de rău, nu am reușit să fur nimic nici noaptea asta.

— Săptămâna asta nu ai adus nimic! Și eu, care aveam de gând să te fac consilierul meu! Ia, zi, mă, tu știi cât mai e până la alegeri?

— O săptămână, mare stăpân!

— Și cum vrei, mă, să conving toți săracii și proștii să mă voteze? Cum vrei tu, mă, să ajungi consilier, dacă eu nu voi fi votat? Cum să mă voteze, dacă eu nu le dau mâncare moca în campanie? De unde vrei să le dau, dacă voi nu aduceți? Știi că urșii sunt pe val? Nici măcar treaba cu străinii care vor să ne vândă pădurea nu mai ține. Au început unele animale să se întrebe unde-s străinii ăia care nu mai vin odată. Pică și minciuna asta imediat. De patru ani îi tot mint cu străinii. Măcar mâncare să le dau gratis, cât să mă voteze, că apoi nu mă mai interesează soarta lor.

— Stăpâne, am o idee genială! Sunt genial!

— Ești genial pe naiba! Ești doar un vulpoi șiret și bătrân! Unul care va sfârși spânzurat de mâna mea.

— Posibil, dar apoi nu ai mai afla planul meu genial, care să te facă să ajungi din nou stăpân. Și stăpân deplin, fără prostănaca de Gizelda.

— Cum îți permiți să îmi faci soția prostănacă?

— Iertare, stăpâne, dar, fie vorba între noi, nu e tocmai un geniu.

— Nu e, dar așa proastă cum e, mi-e credincioasă. Acum zi-mi mai repede ce plan genial ai în cap, cât mai ai cap, că tare mi-e că pun vreun lup să ți-l reteze.

— Stăpâne, am fost azi-noapte în oraș și am ajuns în curtea unor animale care te-ar putea salva.

— Să mă salveze pe mine niște animale domestice amărâte? Ce prostii îndrugi acolo, vulpoi viclean?

— Preabun stăpân, mă bucur că recunoști că sunt un vulpoi viclean. Căci, în viclenia mea, știu tot ce mișcă în pădurea asta. Știu, de exemplu, că animalele nu vă vor mai vota pe tine și pe Gizelda. Vezi tu, minciuna cu străinii care vin să ne ia pădurea a prins la început, dar animalele au început să-și dea seama că niciun străin nu va călca pe aici. Am auzit multe discuții legate de asta și până și cel mai tolomac dintre arici spunea că el nu mai crede povestea asta. Porcule, ai nevoie să probezi afirmația cu străinii care vin peste noi. Ai nevoie de niște animale străine pe care să le arăți capturate, să le vadă toate animalele cu ochii lor.

— Și de unde vrei să iau eu animale străine?

— Abia ce ți-am zis că am fost azi-noapte într-o ogradă cu multe animale.

— Mda, bine. Și ce animale erau acolo? Un porc domestic, un cal, o oaie, o pisică sau un câine? Alea-s animale pe care le cunoaște oricine, nu putem păcăli pe nimeni cu așa ceva, se vor prinde că-s doar niște biete animale neobișnuite cu sălbăticia, nu unele străine.

— După cum bine ai zis, erau acolo pisici și câini. Dar mai era ceva, stăpâne, era un animal străin, de care te asigur că niciun animal al pădurii nu a mai văzut vreodată.

— Ce animal era, vulpoiule?

— O alpaca, stăpâne! Era o alpaca de toată frumusețea!

— O ce? Ce-i aia alpaca?

— Alpacalele sunt niște camelide originare din îndepărtatul Peru. Ele sunt animale domestice și sunt crescute frecvent prin Europa. Arată ca o lamă mai mică, iar lâna lor e cea mai fină și mai scumpă din lume.

— Interesant ce-mi spui tu... Și cum aducem alpaca aia aici?

— De asta am să mă ocup eu.

— Prea bine, vulpoiule. După ce rezolvi treaba asta, vei fi consilierul meu personal.

— Hmmm, asta nu prea merge. Aș dori să fiu eu judecătorul suprem, în locul broscoiului râios, care oricum nu te ajută cu nimic, din câte se vede. Eu voi schimba Cartea Pădurii imediat cum voi ajunge judecător și astfel vei putea deveni Rege al Pădurii.

— Vulpoiule, nu cumva vrei prea multe? Știi că aș putea să-ți jupoi blana chiar acum?

— Și ce te oprește? Aaa... știu. Rămâi în același impas dacă faci asta. Porcule, ai mare nevoie de mine și de planul meu, fix asta te oprește din a face un gest nechibzuit. Aș putea pleca chiar acum să îi aduc în pădure pe străinii netrebnici care vor să ne fure, asta dacă nu m-ai reține aici cu amenințările tale ieftine.

— Bine, vulpoiule, fie ca tine. Imediat după ce vei fi adus străinii, te voi numi judecător. Mâine să fii cu acele animale în pădure, iar până atunci, mă ocup eu de tot.

— Am plecat!

~ Capitolul 16 ~

Pablo păştea liniştit, Otto stătea pe gard, iar Cairo şi Iancu se jucau în grădină. Petrică stătea în casă şi dormea pe canapea, când a fost trezit de lătratul celor doi câini. Ştia că Iancu şi Cairo nu latră niciodată degeaba, aşa că a sărit pe pervaz şi, când s-a uitat pe geam, l-a văzut din nou pe vulpoiul Viktor. Câinii nu mai lătrau şi păreau că stau de vorbă cu vulpoiul. Petrică a ieşit şi el, întâmpinând vulpoiul în stilul caracteristic.

— Iar ai venit, vulpoi viclean? Ştii vorba aia: „Pe cine nu laşi să moară nu te lasă să trăieşti." Aşa şi tu, ai profitat de sufletul meu bun şi te-ai întors. Te pomeneşti că vrei ceva de mâncare şi, eventual, nişte bani de drum.

— Nu mai fi nepoliticos, Petrică! Domnul vulpoi a venit să ne ceară ajutorul într-o problemă foarte gravă, i se adresă Pablo.

— Da, chiar mă gândeam ieri că mi-aş ocupa timpul ajutând un vulpoi din pădure. Cum vrea să fie ajutat?

— Dragul meu motan, chiar acum urma să le explic bunilor tăi prieteni de ce am nevoie de ajutorul lor. Dacă aş avea nevoie numai eu, ar fi bine, dar toate animalele pădurii au nevoie de implicarea voastră.

— În primul rând, eu nu sunt motan drag pentru tine, iar în al doilea, animalele astea din curtea mea îmi sunt subalterne, nu bune prietene. Acum, spune ce ai de zis și du-te de unde ai venit, căci răspunsul meu e nu.

— Îmi pare rău că nici nu vrei să auzi ce am de zis și deja mă refuzi. Eu vă expun totuși problema și poate voi găsi înțelegere. După cum v-am povestit data trecută, Mitruț distruge pădurea pe zi ce trece, iar animalele au un trai din ce în ce mai greu. Peste o săptămână sunt din nou alegeri, iar de data asta, însuși Mitruț va candida.

— Te încurci în minciuni, vulpoiule! Ai zis că Mitruț nu poate candida, că a furat de la niște copii, spuse Petrică, foarte atent la relatarea vulpoiului.

— Nu mint cu nimic. Mitruț l-a schimbat pe Dosk, judecătorul pădurii, ultima redută care stătea în drumul porcului spre tronul de Rege al Pădurii. În locul lui l-a numit pe Tudel, un broscoi râios care, în schimbul unor avantaje, a acceptat funcția și apoi a schimbat Cartea Pădurii, ștergând prevederea legată de candidatura animalelor care au furat. Așa că Mitruț e liber să candideze peste o săptămână.

— Foarte bine. Dar adineauri ai zis că animalele o duc din ce în ce mai greu. Asta înseamnă că Mitruț nu va mai fi ales, spuse Cairo cu multă înțelepciune.

— Vezi tu, câine-lup, lucrurile nu sunt tocmai simple. Concluzia asta este trasă de tine, un câine înțelept, citit, cu școală, dar animalele pădurii nu mai sunt așa de câțiva ani. Mitruț a avut grijă de asta, a făcut în așa fel încât să țină animalele captive în propria necunoaștere. Puii de animale nu au mai fost trimiși la școală, s-a lansat ideea de „școală a vieții“, prin care puii învățau să se descurce cum puteau. Desigur că au învățat numai prostii, să fure și să se descurce prin tot felul de mijloace. Prima generație de pui fără școală a fost cum a mai fost, pentru că au învățat lucruri utile de la părinți, dar gândiți-vă că animalele fără instrucție au ajuns părinți, iar puii lor nu au mai avut nimic bun de învățat de la ele.

— Despre asta am citit într-o carte. Despre îndobitocirea populației pentru a o manipula și conduce mai ușor, adăugă Petrică, mândru de cunoștințele sale.

— Exact! Mitruț s-a folosit de tot felul de știri false, pe care le-a tot repetat, până animalele le-au luat de bune, fără ca măcar să le mai verifice. Dacă la alegerile trecute s-a folosit de minciuna legată de Brun, care ar fi vândut pădurea oamenilor, acum a venit cu altă minciună. Le-a spus animalelor că străinii vor să ne ia pădurea și că el e singurul care ne poate salva. Este, evident, o minciună, nu vine niciun străin nicăieri. Sau... ar putea veni, dacă veți fi de acord să mă ajutați.

— Cum am putea noi să te ajutăm? întrebă Otto de pe gard.

— Simplu, nici nu implică mult efort din partea voastră. Doar un drum până în pădure.

— Să venim noi în pădure? Și ce am putea rezolva? întrebă Pablo.

— Tu ești o alpaca originară din Peru, din câte știu eu. Animalele pădurii nu au mai văzut un așa animal în viața lor. Pentru ele tu ai fi un străin. Trebuie doar să vii, împreună cu prietenii tăi, și să le spui că ești străin și că ai auzit că prin pădurea noastră umblă zvonul că străinii vor să ne ia tot. Le zici că nu e adevărat, că niciun animal străin nu are o astfel de intenție. Apoi vă întoarceți acasă și gata, treaba e rezolvată, iar animalele își vor da seama că Mitruț le-a mințit.

— Îmi pare rău, domnule vulpoi, dar aceste animale sunt în paza mea. Nu îi voi permite niciunuia să părăsească această curte, spuse Cairo.

— Dar nu ar dura mai mult de o zi. Și tot în paza ta ar fi, deoarece ai veni cu noi, încercă vulpoiul să convingă câinele.

— Stai așa, vulpoi viclean. Aici eu sunt șeful, Cairo a zis doar că se ocupă de pază. Dacă am înțeles bine, e vorba despre un drum până în pădure și înapoi, o călătorie de o zi.

— Exact, poate doar câteva ore, dacă ne mișcăm repede.

— Bun, dar altceva nu înțeleg eu. De ce am face asta? Așa, gratis? Nouă ce ne iese? întrebă motanul întinzându-și mustățile.

— Aici e o problemă, din păcate. În pădure abia ne ducem traiul de pe o zi pe alta, doar de-asta m-ați și prins la furat. De foame. Nu știu ce v-am putea da, dar dacă e neapărat să primiți ceva, o să mă gândesc la o soluție.

— Petrică, tu chiar nu faci nimic fără să ai un interes? întrebă Pablo. Eu aș merge. Pădurea e aproape, am fost de multe ori însoțit de câini. Ne scot acolo stăpânii noștri, doar că nu intrăm adânc în pădure.

— Cămil nebun, chiar tu te-ai găsit să vorbești? Ție iar îți arde de aventuri? Ai mai plecat tu până la poștă și ai ajuns la mama naibii, de am umblat după tine cu trenul. N-ai iarbă de păscut? Bagă o copită de fân, așază-te de rumegă și lasă aventurile, zise Petrică.

— Aici nu pot să nu-i dau dreptate lui Petrică, spuse Cairo.

— Eu vleau să melgem! Abia ne mai plimbăm plin pădule, intră în discuție și Iancu.

— Cel mai bine e să votăm. Dacă se hotărăște să mergem, mergem. Dacă nu, stăm acasă, conchise Pablo.

— Puteți vota voi ce doriți, eu în pădure nu mă duc. Abia ies în curte de teamă să nu-mi murdăresc lăbuțele, iar voi vreți să merg prin pădure, acolo unde trăiesc toate lighioanele pământului?

— Haideți să vedem! Cine e pentru să ridice lăbuța! zise Pablo, în timp ce își ridică copita dreaptă.

— Eu vleau, eu vleau la pădule! strigă puiul de câine țopăind în două labe.

Otto spuse că el e nehotărât și că se abține, urmând să facă ce aleg ceilalți, iar Cairo și Petrică votară pentru a rămâne acasă.

— Sunt două voturi pentru și două voturi împotrivă, deci rămânem acasă, conchise Cairo.

— Bunii mei prieteni, dar se vede că nu aveți experiența votului. Dați-mi voie să vă spun că nu s-a procedat corect. Petrică a spus de la început că el nu merge orice ar fi, deci el nu mai avea dreptul să voteze. Eu zic că votul lui e nul, zise vulpoiul.

— Mă, ție ți-e cam cald cu blana aia pe tine, eu ți-am mai zis că aș vinde-o rapid pe net, dacă ar fi după mine. Păi, tu vii la mine în curte și ne dai lecții? Ia, haide, prinde viteză de aici! se enervă Petrică.

— Te enervezi, Petrică, dar cam are dreptate, tu nu mai trebuia să votezi, dacă ai zis că, indiferent de rezultat, nu mergi în pădure. Rezultatul e de două voturi pentru, unul împotrivă și o abținere. O să plecăm la pădure și până diseară suntem înapoi, spuse Pablo, spre încântarea puiului de câine, care alerga în jurul cozii de bucurie.

Cairo mai încercă să aducă argumente pentru ca animalele să rămână acasă, dar acestea se dovediră ineficiente în fața entuziasmului lui Pablo și Iancu.

Vulpoiul încerca să ascundă de pe fața sa vicleană bucuria și privea satisfăcut cu gândul că reușise încă o dată să facă lucrul la care se pricepea cel mai bine: să înșele.

După ce luară masa, animalele porniră la drum, în afară de motanul roșcat, care rămăsese acasă.

~ Capitolul 17 ~

Pentru că Pablo, Iancu și Cairo nu puteau sări peste gardurile dintre curțile oamenilor, stabiliseră să iasă pe poartă și să meargă pe stradă până la marginea pădurii, urmând să se întâlnească acolo cu vulpoiul. Otto se dusese cu Viktor, pentru că știa locurile mult mai bine decât vulpoiul, iar în scurt timp erau la locul stabilit, unde celelalte animale ajunseseră în scurt timp.

— Nici nu știți cât de dator mă simt față de voi și cât de mult mă bucur că veți salva pădurea! le spuse vulpoiul.

— Și noi ne bucurăm că putem ajuta! îi răspunse Pablo.

Ajunse la o troiță, animalele luară o scurtă pauză, fiind obosite după un urcuș de câteva sute de metri.

— Aiți am mai fost la plimbale cu Geolgiana si cu Malian, dal mai depalte nu am intlat în pădule, abia astept să văd cum e, exclamă puiul de câine.

După ce s-au odihnit puțin, animalele au pornit din nou la drum, având foarte mult de urcat prin pădurea care se îndesea tot mai tare. În unele locuri, lipsa unor copaci le permitea să privească înapoi spre orașul care devenea din ce în ce mai mic.

— Mie îmi pale lău că nu a venit si Petică, spuse Iancu, și fu aprobat de toate celelalte animale. Doar vulpoiul se bucura în gând că scăpase de nesuferitul motan.

Pentru niște animale domestice, urcușul devenea tot mai greu, așa că pauzele erau din ce în ce mai dese. Începea deja să se întunece, iar Cairo se îngrijora tot mai mult.

— Mai e mult până ajungem? Era vorba că tot azi ne întoarcem acasă, iar noi nici măcar nu am ajuns, întrebă Cairo.

— Bunul meu prieten, vina îmi aparține și de aceea îmi cer iertare, nu am luat în calcul acest ritm de mers, am uitat că voi nu sunteți învățați cu asemenea poteci de munte. Mă tem că va trebui să ne oprim și să înnoptăm aici. Nu avem cum să ajungem azi, iar să umbli noaptea prin pădure poate fi cu adevărat periculos pentru niște animale domestice.

— Dar ai spus că nu ne poate face nimeni rău atât timp cât suntem cu tine, spuse Otto mirat.

— Așa este, dar noaptea e cu adevărat noapte în pădure, iar prin bezna ei, chiar și cei mai ageri ochi dau greș. Până ar vedea vreun prădător că sunt eu cu voi, cineva ar putea fi rănit. Cred că e mai înțelept să rămânem aici și să pornim din nou la drum de dimineață.

Animalele erau puțin speriate și deveniseră ușor neîncrezătoare în vorbele vulpoiului, dar nu aveau altă variantă. Dacă ar fi ales să se întoarcă acasă, le-ar fi prins noaptea tot în pădure, așa că au rămas să înnopteze acolo.

Dacă în curte somnul le era deranjat de vreun lătrat rătăcit de câine sau de vreun miorlăit al unui motan pornit în aventuri amoroase pe acoperișul vreunei case, în mijlocul pădurii, zgomotele animalelor sălbatice erau chiar înfricoșătoare. Cu toate astea, fiind foarte obosite, animalele au ațipit destul de repede. Cairo și Iancu dormeau lipiți unul de celălalt, cu Otto între ei, iar Pablo se așezase undeva în spatele lor, ca și când ar fi fost păzit de cei doi câini ciobănești. Vulpoiul dormea și el, undeva mai la distanță, explicându-le animalelor că, în cazul în care ar sosi vreun musafir nepoftit, el ar trebui să îl întâmpine primul și să îi spună că e însoțit de niște animale domestice, astfel încât nimic rău să nu li se întâmple.

Dintr-odată, se lăsă o liniște deplină, iar animalele căzură într-un somn adânc, epuizate de drumul anevoios. Din tufișurile de lângă locul de somn al animalelor se iviră câteva perechi de ochi ca de licurici.

— Ei sunt! se auzi un lup vorbind în șoaptă. La semnalul meu, pornim!

Un foșnet puternic îi făcu pe cei doi câini să își ridice brusc urechile.

— Acum! se auzi comanda lupului, iar asupra celor doi câini se năpustiră patru lupi.

Deși se treziseră dinainte, atacul fu atât de rapid, încât câinii nu avură timp să se ridice în picioare. Peste Iancu erau doi lupi, iar peste Cairo alți doi.

Reușind să își elibereze un picior de sub strânsoarea unuia dintre lupi, ciobănescul mioritic se ridică puternic în cele patru labe groase și se izbi de un copac cu tot cu lupul celălalt, care încă îi era agățat de spate și pe care îl strivi cu o așa putere, încât căzu lat lângă copac.

Otto era deja în vârful unui brad și privea îngrozit și neputincios la ce se întâmpla jos. Puiul de câine, acel câine naiv și sâsâit, de care râdea zilnic Petrică și căruia îi dădea bobârnace peste bot pentru a-l necăji, era o adevărată fiară a pădurii. Talia oricum foarte mare îi era acum dublă din cauza blănii, ale cărei fire de păr se ridicaseră aproape vertical, iar mârâitul îi semăna cu al unui leu nervos.

Cairo scăpase și el de sub cei doi lupi și încerca să îi țină la distanță mârâind amenințător, în timp ce Iancu era peste un lup care se chinuia să scape de sub greutatea namilei. Cu greu a scăpat și a fugit în bezna pădurii, urmat de ceilalți doi, care au luat-o la sănătoasa și ei când Iancu i-a sărit în ajutor lui Cairo.

Lupul izbit de copac își reveni și el și fugi șchiopătând cu coada între picioare.

— Pablo, Pablo, esti bine? întrebă puiul de câine.

— Eu sunt bine, pe mine nu m-a atacat nimeni. Voi cum sunteți?

— Suntem bine si noi. Ai văzut țe le-am făcut ațelol câini lăi? Ai văzut țe au fugit?

— Ăia nu erau câini, erau lupi, îi spuse Cairo.

— Deți am leusit să punem pe fugă niste lupi? întrebă puiul de câine, dând bucuros din coadă.

— Otto unde e?

— Sunt aici! răspunse motanul în timp ce cobora din copac.

Vulpoiul își făcu și el apariția speriat.

— Vai, în ce situație v-am pus! Cât de rău îmi pare!

— Nici măcar nu le-ai zis că ești cu noi, ba chiar te-ai ascuns! îl acuză Pablo.

— Am uitat să vă spun că în pădure umblă o haită de lupi tâlhari pe care nimeni nu îi poate controla, nici măcar Regelui nu i se supun. Dar ei apar foarte rar, ba chiar credeam că au și părăsit pădurea, pentru că nimeni nu i-a mai văzut de ani întregi. Se pare că am avut ghinionul să dăm tocmai peste ei în noaptea asta. Dar e bine că s-a terminat cu bine. Mă bucur că am așa prieteni de nădejde. Acum chiar că nu pricep de ce îi spuneți „pui de câine" acestui veritabil câine de luptă.

— Mulțumesc, domnule vulpoi. Niți eu nu am stiut că sunt asa de putelnic.

— De dimineață, cum se luminează, mergem spre casă. Nu vreau să mai aud comentarii! spuse Cairo imperativ și niciun animal nu îndrăzni să îi mai spună ceva. Nici măcar vulpoiul nu mai încercă să îl convingă.

— Vă înțeleg, bunii mei prieteni. Vă înțeleg deplin neîncrederea, e vina mea. Înțeleg că viața voastră e mai importantă decât viețile unor biete animale sălbatice.

Chiar înţeleg. Permiteţi-mi însă să vă conduc mâine spre casă, am schimbat multe poteci până aici şi s-ar putea să nu mai găsiţi drumul cel bun.

— De fapt, cred că e mai înţelept să pornim chiar acum spre casă. Nu văd de ce am mai aştepta până dimineaţă. După cum se vede, e la fel de periculos şi dacă rămânem într-un loc. Dacă vrei să ne însoţeşti până la troiţă, eşti bine-venit, dacă nu, noi nu ne supărăm. Am însemnat tot drumul şi eu, şi Iancu, e imposibil să nu găsim calea spre casă.

— Îmi cer scuze încă o dată pentru ce s-a întâmplat, iar dacă nu e cu supărare şi spuneţi că vă descurcaţi pe drum, eu mă retrag.

Fără să mai aştepte vreun răspuns, vulpoiul se făcu nevăzut în întuneric.

— Acum ţe faţem?

— Ce să facem? Mergem spre casă aşa, pe întuneric. Să sperăm că ajungem cu bine, spuse Cairo pe un ton nervos, fără să îi reproşeze ceva lui Pablo despre alegerea sa de a se aventura prin pădure, deşi era evident că la asta se gândea.

~ Capitolul 18 ~

Cei patru lupi gâfâiau stând cu capetele plecate în fața lui Mitruț. Erau răniți și zgâriați, iar unul dintre ei ținea o labă ridicată.

— Netrebnicilor! Patru lupi în puteri nu au putut prinde niște biete animale domestice?

— Preamărite stăpân, noi am știut că avem de capturat un fel de capră, adică un animal erbivor pașnic, niște pisici, un câine și un pui de câine. Așa ne-a zis vulpoiul. Dacă animalul ăla alb era doar un pui de câine și era cât un urs, ne întrebăm cum va arăta când va fi adult. Ăla numai pui de câine nu era. A dat cu noi de toți copacii, iar când s-a suit pe mine, am simțit cum îmi trosnea fiecare oscior, îi răspunse unul dintre lupi.

— În plus, să ne fie cu iertare, stăpâne, dar noi nu am mâncat de câteva zile, iar câinii ăia păreau foarte bine hrăniți, îi zise și alt lup.

În timp ce Mitruț zbiera la lupi, vulpoiul Viktor apăru alergând.

— Stăpâne, repede! Animalele au plecat spre casă. Trebuie să le prindem repede, până nu ajung în oraș. Au deja cam o oră de când au plecat de la Buturuga Cerbului. Acolo le-am lăsat și am venit într-un suflet să te anunț. Nu am reușit să le mai conving să mă urmeze după ce au fost atacate de lupii ăştia neputincioşi şi jigăriţi.

Mitruţ chemă la el o haită de douăzeci de lupi şi o turmă întreagă de mistreţi, cărora le ordonă să îl urmeze pe vulpoi în căutarea animalelor domestice. Sălbăticiunile plecară în alergare, cu vulpoiul în faţa lor.

* * *

— Sigur am luat-o bine? Parcă nu am trecut pe lângă stâncile astea, întrebă Pablo.

— E bine, pe aiţi am venit, stiu sigul că am făcut eu pipi pe piatla aia male de acolo.

Animalele mergeau încet, vederea prin întuneric nefiind unul dintre punctele forte ale lui Pablo. Oboseala îşi spunea şi ea cuvântul şi îi făcea pe aventurieri să se oprească din loc în loc pentru a-şi trage sufletul. După o cotitură a potecii, dintr-un tufiş, le apărură în faţă doi ochi ce luminau în întuneric ca două felinare.

— E cineva acolo! strigă Otto, fiind primul care observase, cu ajutorul ochilor săi de felină.

— Eu sunt, dragii mei prieteni! se auzi o voce.

— Este domnul vulpoi! Vai, ţe ne-ai speliat, domnule vulpoi! exclamă puiul de câine.

— Eu sunt, da. Sunteţi în siguranţă, nu aveţi de ce vă teme.

— Cum de ai venit după noi? întrebă Cairo.

— Câine înțelept, am venit să vă mai rog o dată să mergeți cu mine în pădure.

— Mă tem că acest lucru nu e posibil, am stabilit deja asta și credeam că ai înțeles. Nu mai am de gând să-mi pun prietenii în pericol pentru un lucru pe care nici nu-l mai cred cu adevărat.

— Vezi tu, dragul meu ciobănesc german, mă tem că în viață nu e totul așa cum vrem noi să fie. Va trebui să veniți cu mine în pădure fie că vreți, fie că nu.

— Tonul tău nu-mi place, Viktor! spuse Pablo iritat de aroganța vulpoiului.

— Ehe, lasă, că nici mie nu-mi plăcea tonul acelui motan roșcovan arogant. Nici nu știți cât de rău îmi pare că nu a venit cu voi. L-aș fi gătit la cină pe nesuferit și ar fi înțeles să nu mai facă niciodată pe deșteptul cu o vulpe.

— Petlică e plietenul nostlu, nu mai zițe asa desple el! Si el e țel mai destept animal, mai destept si decât tine! sări puiul de câine în apărarea motanului absent.

— Haideți, că nu mai avem timp. Să pornim la drum! Și, ca să nu o mai lungim, vă spun că în acest moment, în tufișurile din jurul nostru, sunt gata de atac douăzeci de lupi vânjoși și încă pe atâția porci-mistreți. Dar aveți noroc că am nevoie de voi vii, așa că nu am să-i las să vă jupoaie, mai ales dacă mă veți urma fără să mai tot comentați.

— Deți a avut dleptate Petlică, ne-ai păcălit! schelălăi puiul de câine.

— Cine să te creadă că suntem urmăriți de lupi și de mistreți? Nu ne urmărește nimeni. Haideți acasă! spuse Cairo.

Vulpoiul ridică o lăbuță și scoase un sunet ascuțit, moment în care zeci de perechi de ochi se iviră din arbuștii de pe marginile potecii, apropiindu-se până când li se puteau desluși siluetele de porci și lupi. Animalele se uitară unele la altele și își dădură seama că nu ar fi avut nicio șansă de izbândă într-o luptă, așa că porniră resemnate după vulpoiul care rânjea.

— Cum poți avea un astfel de caracter? Nu ți-e rușine pentru ce ai făcut? îl întrebă Pablo pe vulpoi.

— Ba da, nu mai pot de rușine, nici nu știu cum am să mai pot dormi de acum înainte de rușine, nu vezi că mi s-a și înroșit blana de rușine? răspunse vulpoiul ironic.

În scurt timp au ajuns din nou la Buturuga Cerbului, semn că nu apucaseră să parcurgă prea mult din drumul de întoarcere spre casă. De acolo, au mai urcat puțin, iar lumina zilei abia apărută le-a permis să vadă enormele garduri ale fortăreței lui Mitruț. Ajunși în fața porților înalte, acestea se deschiseră, iar animalele intrară în șir indian, așa cum le indicase vulpoiul.

Vulpoiul le-a zis să se oprească în fața unei încăperi aurii și să se așeze în linie, iar el a intrat pe ușa sculptată în lemn.

— Stăpâne, străinii au sosit. Sunt cei care vor să ne vândă pădurea, spuse vulpoiul râzând.

— Cum adică să ne vândă pădurea? Eu nu cred așa ceva, eu credeam că asta ați inventat voi, nu știam că e adevărat! se arătă contrariată Gizelda.

— Taci, scroafo, taci! Vulpoiul era ironic, spuse Mitruț, în timp ce ieși pe ușă pentru a-i vedea pe străini.

Îi măsură din priviri pe fiecare pentru câteva secunde, dar se opri la Pablo, pe care îl apucă cu o labă de bărbie.

— Tu ești o alpaca. Zici că ești o cămilă fără cocoașă. Cum te cheamă, străine?

— Mă cheamă Pablo, dar nu sunt străin. Sunt crescut la noi în țară de când eram mic, d-aia știu să vorbesc limba voastră.

— Taci! Ești străin și vrei să ne vinzi pădurea. Străinii vor să ne ia pădurea!

— Cum să vă luăm pădurea? Noi am venit să salvăm pădurea, spuse Otto mirat.

— Bravo, vulpoiule, ai făcut o treabă excelentă. Acum du-te și prezintă-le amicilor tăi noua lor casă. Vor sta acolo până nu vom mai avea nevoie de ei, apoi îi vom folosi drept hrană.

Vulpoiul conduse animalele până la o cușcă mare, făcută din niște țăruși foarte înalți și ascuțiți la vârf, bătuți în pământ la o distanță mică unul de celălalt, formând un fel de gratii prin care puteai cu ușurință vedea înăuntru, dar prin care nici măcar Otto nu ar fi putut ieși.

— Haideți, intrați aici și odihniți-vă, probabil sunteți obosiți din cauza câtor animale ați salvat, le spuse Viktor hlizindu-se.

— Stai să le văd și eu! strigă Gizelda, în timp ce venea cu pași grăbiți spre închisoarea improvizată.

— Mamăăă, așa animaluri nu am mai văzut. Dar ăsta maro e chiar frumos și uite ce blănuri moale are. Probabil că e obosite de pe drum și le-o fi foame și sete. Ia să le aducă cineva repede niște apă proaspătă și niște mâncare.

Comanda Gizeldei fu rapid executată de un porc-mistreț, semn că și ea avea o oarecare autoritate în pădure.

Animalele domestice intrară în țarc, iar la scurt timp, acesta fu acoperit de mistreți cu niște crengi de brad, astfel încât nimic să nu se mai poată vedea înăuntru.

— Mâine-dimineață vom convoca toate animalele pădurii la fortăreață și le vom arăta intrușii, strigă Mitruț către Gizelda, care dădu din cap aprobator.

~ Capitolul 19 ~

După cum dispusese Mitruț, a doua zi de dimineață curtea fortăreței era neîncăpătoare pentru sutele de animale sălbatice din toate speciile. Așteptau cu toate nerăbdătoare să afle de ce au fost chemate acolo și simțeau că era vorba despre ceva important. În scurt timp, își făcu apariția Gizelda, care se urcă pe o mică scenă amenajată în mijlocul curții, de unde putea fi văzută de toată suflarea. Se făcu liniște și scroafa luă cuvântul:

— Dragi animaluri, după cum știți, prin pădure umblă de ceva vreme un zvon despre cum pădurea noastră scumpă este râvnită de străini. Aceștia vor să ne-o ia și să o vândă. Multe dintre voi ați început să credeți că e un zvon neadevărat, ba chiar unul inventat de noi. Eu știu că orice animal îi e frică de străini și poate de aceea ați refuzat să credeți că așa ceva ar fi posibil, dar iată că v-am chemat azi aici pentru a vedea cu ochii voștri adevărul. Trebuie să știți că datorită puternicului și inteligentului Mitruț, care are conexiuni la cele mai înalte nivele, ieri-noapte, în urma unei acțiuni complexe și de amploare organizată de același Mitruț, au fost prinși niște străini chiar în timp ce evalua scumpa noastră pădure pentru a o vinde apoi la oameni, urmând ca noi să fim alungați de pe aceste sfinte meleaguri. Noi nu ne vindem pădurea, să fie clar!

— Noi nu ne vindem pădurea! se auziră animalele în cor.

— O să-i vedeți chiar acum pe acești intruși veniți de pe pământ străin, vrem să-i vedeți cu ochii voștri pentru a nu mai auzi comentarii că am inventat așa ceva.

Gizelda făcu semn cu laba către niște mistreți care așteptau lângă țarcul învelit cu crengi de brad, iar aceștia au început să dea ramurile la o parte, până ce se putea vedea înăuntrul țarcului. Un murmur de uimire se auzi brusc, niciun animal nemaivăzând asemenea creatură.

— Nu vrem să vă vindem nicio pădure, noi am venit să vă salvăm! strigă Pablo cât îl țineau plămânii.

— Eu sunt doaaal un puuui! schelălăia Iancu disperat.

— Vedeți de ce sunt în stare? Îi vedeți cum mint? Ar fi culmea să recunoască. I-aș întreba totuși ce făceau noaptea prin pădure și de ce i-au rănit grav pe patru dintre frații noștri lupi. Namila aia de câine mai are și tupeul să spună că e doar un pui, interveni Mitruț.

Pablo încercă să dea niște explicații, dar vocea îi fu rapid acoperită de mulțimea de animale care strigau în cor.

— Noi nu ne vindem pădurea, noi nu ne vindem pădurea!

Gizelda își spuse cuvintele de încheiere și le mulțumi animalelor pentru prezență, iar apoi acestea plecară înapoi în pădure, șușotind în mici grupuri despre grozăvenia pe care o văzuseră. Pablo, Cairo, Iancu și Otto fură mutați în temnița de sub fortăreață, acolo unde îi întâlniră pe cei trei șoimi, care le povestiră tot ce se întâmplase în pădure, spre rușinea lui Gâduț, care nici nu își ridică ochii din pământ pe timpul relatării.

~ Capitolul 20 ~

— Ei, cum e? Ți-am zis că te voi scoate din impas? Acum aștept să te ții de promisiune și să-i ordoni Gizeldei să mă numească judecător al pădurii, îi spuse Viktor lui Mitruț.

— Știi doar că eu sunt porc de cuvânt, vulpoiule. Te invit chiar acum să vii cu mine la broscoiul râios să-i dăm vestea că va fi schimbat din funcție și că tu îi vei lua locul.

Vulpoiul și mistrețul porniră spre balta unde trăia în opulență Tudel și, în scurt timp, ajunseră la el. Mistrețul nu avea deloc încredere în vulpoi și nu l-ar fi numit niciodată judecător, dar situația îi convenea, pentru că putea astfel pune presiune pe broscoi să schimbe mai repede Cartea Pădurii, amenințându-l că, în caz contrar, îl va demite.

— Vai, dar ce onoare, să fiu vizitat de însuși viitorul Rege al Pădurii! exclamă broscoiul la vederea lui Mitruț, pe un ton oarecum ironic.

— Vai, dar ce onoare pe mine să-l văd pe viitorul fost judecător al pădurii! îi răspunse de-a dreptul ironic porcul-mistreț.

— Ce vrei să spui, Mitruț? Adică eu mă zbat atât pentru tine, îmi storc creierii să găsesc o soluție de a schimba Cartea asta blestemată ca tu să devii Rege, iar tu mă ameninți că mă vei schimba?

— Chiar te va schimba! interveni vulpoiul rânjind.

— Cu cine să mă schimbe? Am rămas singurul care poate ocupa funcția asta. Adică mai sunt vreo doi, dar ăia nu au coloana mea vertebrală.

— Coloană de moluscă, vrei să spui, broscoiule! îi răspunse vulpoiul.

— Zici că te zbați și că îți storci creierii. Ce ai făcut tu concret până acum? Că de când te-am pus judecător, mă tot duci cu zăhărelul și nu faci nimic.

— Păi, fii atent, mistrețule.

— Stai să ne înțelegem, că ți-ai cam uitat locul. Eu, pentru tine, nu sunt nici „porcule", nici „mistrețule". Eu, pentru tine, sunt „stăpâne". Sau poate vrei să ajungi înapoi în balta spurcată, cu tot cu mormolocul de fiu-tău, interveni Mitruț autoritar.

— Iertare, stăpâne! Poate dorești totuși să auzi ce am muncit până acum pentru tine.

— Sunt numai ochi și urechi!

— Stăpâne iubit, Cartea Pădurii a fost făcută astfel încât să nu poată fi schimbată de oricine dorește și cum dorește. E un proces tare greoi, iar pentru a putea fi schimbat acel articol care interzice unuia ca tine să candideze, e nevoie de consultarea și apoi aprobarea unui inspector de la Marea Uniune a Pădurilor.

— Cum adică? Ce treabă au alte păduri cu pădurea noastră? Eu le zic lor ce să facă în pădurile lor? Să-și vadă de treaba lor!

— Păi, tocmai ăsta e riscul, stăpâne, ca pe viitor să își vadă de treaba lor. Atunci când va veni iar vreo foamete prin pădurea noastră, ce vom face? Nu cumva ai uitat când te-ai împrumutat de la ei de grâne și hrană pentru animale atunci când nu se mai găsea mai nimic de mâncare pe aici? Dacă nu ne vom consulta cu ei, ne vor exclude pe viitor și vom rămâne singuri, fără niciun ajutor de nicăieri.

— Înseamnă că sunt terminat. Nu mai avem nicio soluție?

— Stai, stăpâne! Ți-am zis că am muncit, nu am stat degeaba. Am un coleg care a ajuns inspector acolo, la Marea Uniune a Pădurilor.

— Și dacă ai, ce?

— Să zicem că e și el... la fel ca mine.

— Adică își vinde demnitatea? E coruptibil?

— Vai, dar ce cuvinte urâte folosești. Adică eu sunt coruptibil, pentru că m-am oferit să te ajut? Am putea zice că și el vrea să te ajute, doar că...

— Doar că vrea ceva, la fel ca tine. Zi-mi repede ce vrea, nu mai am timp de pierdut! Și, mai ales, zi-mi cum putem ajunge la el cât mai repede.

— Am ajuns deja la el, stăpâne. Ți-am zis că m-am spetit cu munca. Am trimis încă de săptămâna trecută un șoim la el și l-am pus în temă. Mi-a zis că nu poate veni personal, că are acolo familie și că e ocupat cu alte lucruri.

— Sunt terminat!

— Răbdare, stăpâne. A zis că nu poate veni el, dar are un băiat care a acceptat, cu condiția să rămână la noi în pădure definitiv și să-i asiguri un trai opulent. Adică să aibă tot ce își dorește, la orice oră. Va trebui să-i faci toate poftele și să-i construiești cea mai luxoasă locuință.

— Desigur, broscoiule, mă ocup de tot ce trebuie pentru bunul nostru prieten. Ce animal e? Să știu ce locuință îi facem.

— Nu a zis, iar șoimul nu a avut nici măcar curiozitatea să întrebe. Dar oricum, nu ai avea timp să construiești nimic până mâine.

— Mâine??? Cum adică mâine?

— Da, porc, ăăă... stăpâne. Mâine sosește deja. Urma să vin să te anunț și să îți explic că am găsit rezolvare pentru problema ta. Mâine, la prânz, să trimiți doi dintre cei mai impunători lupi să îl preia de la troița de la poalele muntelui. Acolo s-a stabilit locul de întâlnire.

— Broscoiule, ești genial! Genial ești, serios! Chiar acum mă duc să fac toate pregătirile. Mâine-seară adunăm toate animalele să-l prezentăm pe domnul inspector.

— Ai grijă, stăpâne, să te porți cu mănuși cu el și să le transmiți tuturor animalelor asta. Nu trebuie să-l supărăm cu nimic, pentru că ne poate distruge tot planul.

— Normal, broscoiule. Va avea tot ce își dorește și toate animalele îi vor sta la dispoziție.

— Și cu mine cum rămâne, porc-mistreț? întrebă vulpoiul, care asistase la toată discuția.

— Marș de aici, janghină de vulpe! Dispari, până nu te jupoi de blană! se răsti Mitruț, iar vulpoiul sări ca ars într-un tufiș.

~ Capitolul 21 ~

A doua zi era forfotă mare în pădure. Animalele fuseseră anunțate de sosirea inspectorului de la Marea Uniune a Pădurilor și toate fuseseră bine instruite despre importanța acestui eveniment. Desigur că nu știau adevărul cu privire la motivul pentru care acel inspector urma să vină, ci fuseseră mințite că acesta avea să facă o analiză asupra vieții din pădure și că, în funcție de asta, urma ca animalele să primească sau nu hrană gratis. Vestea ajunsese și în temnița de sub fortăreață, acolo unde Kabis, care cunoștea foarte bine legile, își dăduse seama de adevăratul motiv al prezenței inspectorului. Era deja convins că nu-i va ajuta cu nimic, fiind categoric un animal corupt, adus special de Mitruț pentru a păcăli încă o dată animalele. Prin fereastra mică aflată aproape de tavanul încăperii, prizonierii puteau auzi agitația din curtea fortăreței, semn că animalele începeau să se adune pentru a lua parte la discursul importantului inspector.

Pablo și Cairo stăteau jos, resemnați, crezându-l pe Kabis când le spusese că inspecția urma să fie una de fațadă, care nu le va schimba cu nimic situația. Singurul care nu își pierduse curiozitatea era puiul de câine, care, din când în când, se mai ridica în două lăbuțe, reușind astfel să privească prin mica fereastră în curte.

— Iancu, degeaba vrei să vezi ce se întâmplă acolo. Nu ne va elibera nimeni, dacă la asta te gândești.

— Mă uit si eu, că sunt culios. Poate domnul inspectol ne va vizita si pe noi si îi vom spune țe am pățit.

Animalele pădurii formaseră un cerc mare în jurul scenei, făcându-l astfel pe Iancu să își schimbe poziția, până reuși să ajungă într-un unghi din care putea vedea ce se întâmplă pe scenă. Se lăsă liniștea deodată, apoi se auzi vocea Gizeldei:

— Dragi animaluri, așa cum ați aflat deja, suntem onorați să primim vizita domnilor de la Marea Uniune a Pădurii.

— Au venit doi! exclamă Kabis din colivia sa.

În aplauzele animalelor care fuseseră dinainte instruite să aplaude ori de câte ori li se făcea semn, pe scenă urcară cele două animale menționate de Gizelda.

Puiul de câine se întinse și mai mult pentru a vedea mai bine, făcu ochii mari, își șterse ochii cu lăboanțele și exclamă în șoaptă, abia fiind auzit de celelalte animale din încăpere:

— PE-TLIII-CĂĂĂ!!!

— Ce ai, pui de câine? Ți s-a făcut dor de Petrică? întrebă Pablo, în timp ce Otto se cățără și el pe spatele lui Iancu și privi pe fereastră.

— E Petrică! strigă și Otto uimit.

Cairo și Pablo s-au dus săgeată spre fereastră și au rămas muți de mirare când l-au văzut pe scenă pe prietenul lor roșcovan, alături de un pui de alpaca alb, ținând un discurs în fața animalelor pădurii. Numai șoimii nu știau cine e Petrică și nu înțelegeau uimirea animalelor domestice, dar aflară pe parcursul nopții tot ce se putea despre motanul de interior.

~ Capitolul 22 ~

Motanul stătea deasupra caloriferului, pe pervaz și privea cu ochii mari și umezi spre curtea goală. Îi era dor de cămilul nebun, așa cum îi spunea mereu lui Pablo, ar fi vrut să îi vadă pe Cairo, pe maidanezul de Otto, dar cel mai tare îi lipsea puiul de câine, cel pe care îl necăjea tot timpul, dar care îi era, poate, cel mai drag dintre toți. Îi părea rău că i-a lăsat să plece. Sau măcar ar fi trebuit să meargă cu ei. Oare avea să îi mai vadă vreodată? Dacă ar fi putut, ar fi lăsat aroganța la o parte și le-ar fi spus că își dorește ca ei să se întoarcă acasă. Ba chiar se gândea să plece după ei, chiar dacă se înserase de mult.

O lacrimă i se prelingea pe una dintre mustăți, când o bătaie în geam îl trezi din gânduri.

— Motane, motane! Eu sunt!

Petrică își șterse rapid ochii și răspunse:

— Vulpoiule, tu ești?

— Chiar eu. Deschide repede geamul, vin cu vești nu prea bune și nici timp nu prea avem.

— Unde sunt animalele mele?

— Deschide fereastra, să vorbim ca lumea.

Petrică deschise geamul, iar vulpoiul sări și el pe pervaz.

— Zi-mi repede, unde îmi sunt animalele? De ce nu s-au întors acasă?

— Animalele tale au fost capturate de Mitruț. Nici măcar nu știu dacă mai sunt în viață.

Petrică își stăpâni emoțiile și se arătă nepăsător la primirea acestei vești.

— Ce bolovani, eu le-am zis să nu plece. Eu ce să le fac? Abia am rămas singur aici și voi avea toată hrana doar pentru mine.

— Adică nici nu îți pasă? Credeam că sunt prietenii tăi.

— Credeai prost. Eu nu am prieteni și nici nu îmi doresc să am. Acum zi-mi pentru ce ai venit. Să-mi zici că animalele mele au fost capturate?

— Da. Și să-ți zic cum le putem salva.

— Le putem salva? Noi? Păi cu tine au plecat, tu le-ai trădat, vulpoi viclean.

— Asta chiar nu e adevărat. Stai să-ți povestesc tot ce s-a întâmplat și ai să înțelegi.

Vulpoiul îi povesti lui Petrică tot ce se întâmplase, înflorind pe alocuri și omițând să spună că el fusese capul răutăților. Îi spuse că Mitruț a capturat animalele, aflând din altă parte despre planul lor. Îi explică apoi și că un inspector de la Marea Uniune a Pădurilor urma să sosească a doua zi în pădure și că acesta făcea deja parte din complotul lui Mitruț și Tudel.

Apoi îi făcu lui Petrică o propunere.

— Zici să-l așteptăm pe inspector și să-i spunem că noi îi putem oferi mai multe decât Mitruț dacă ne va ajuta?

— Exact!

— Și ce îi vom putea oferi noi, vulpoiule? întrebă Petrică.

— M-am gândit la asta deja. Îi vom oferi aur. Mult aur.

— Aur??? De unde luăm noi aur?

— Văd că stai într-o casă destul de mare. Stăpânii tăi sigur au niște bijuterii prin casă.

— În primul rând, eu nu am stăpâni, iar în al doilea rând, dacă aș avea, nu aș fura de la ei.

— Înseamnă că am bătut drumul ăsta degeaba și că nu o să-ți mai vezi animalele vreodată.

Motanul căzu puțin pe gânduri, apoi spuse:

— Vulpoiule, vom face cum zici tu. Dacă am înțeles bine, mergem să-l așteptăm pe drum pe inspector și îl mituim cu aurul. Apoi ce facem?

— Apoi mergem cu el în pădure, vede situația de acolo și se opune schimbării Cărții Pădurii.

— Și animalele mele?

— Dacă Mitruț nu va putea candida, animalele nu o vor mai vota pe Gizelda. Așa că Rege va deveni din nou Brun. La el vom găsi înțelegere, îi vom explica situația și cum am vrut să-l ajutăm, iar el îți va elibera animalele.

— Dar ai zis că nici măcar nu știi dacă mai sunt în viață sau nu.

— Eu cred că sunt în viață. De fapt, precis sunt în viață, îți zic eu. Și chiar de nu ar mai fi, măcar vei ști că ai încercat să le salvezi. Acum, dacă nu mai ai alte întrebări, ar cam trebui să plecăm.

— Auzi, dar de ce vrei tu să mă ajuți să salvez animalele? Ce interes ai tu?

— Dar ele nu s-au oferit să mă ajute pe mine? Eu mă bucur de câte ori pot ajuta. E mare lucru să ajuți, trebuie să ai un suflet cu adevărat bun pentru asta, iar eu mă pot lăuda că sunt un vulpoi bun, deși tu ești neîncrezător.

— Vulpoiule, să știi că încep să cred că m-am înșelat în privința ta. Tu chiar ai o inimă mare. Haide să mergem!

— Păi, adu aurul și hai să pornim, avem ceva de mers.

— Vulpoiule, dar dacă inspectorul nu va accepta? Ce fac apoi cu aurul prin pădure? Vrei să fim jefuiți? Eu zic să mergem mai întâi să vorbim cu el, iar dacă e de acord, venim înapoi aici și îi dau tot aurul pe care îl am.

Deși nu prea îi plăcea ideea, vulpoiul acceptă și plecă împreună cu motanul spre pădure, nu înainte ca acesta să-și ia o zgardă roșie la gât.

— Vulpoiule, am stat și m-am gândit așa... noi doi chiar am face o echipă bună. Trebuie să recunoaștem că amândoi avem o inteligență sclipitoare și suntem greu de păcălit. Eu recunosc că nu prea am avut încredere la tine la început, dar acum îmi dau seama că m-am înșelat în privința ta.

— Mă bucur să aud aceste cuvinte, Petrică. Nici nu ai de ce să nu ai încredere în mine. Sunt un vulpoi onest și îți voi spune mereu ce gândesc.

— Dacă tot ne putem baza unul pe celălalt, mie mi-a venit o idee pentru un nou plan. Aș fi încântat dacă mi-ai permite să ți-o împărtășesc și m-aș bucura dacă ți-ar surâde.

— Chiar te rog, bunul meu prieten. Ce ți-a trecut prin cap?

— Eu cred totuși că e riscant să încercăm să mituim inspectorul cu aur. E foarte posibil să ne refuze, mai ales dacă ai zis că el dorește să rămână definitiv în pădure. Cum va mai putea rămâne dacă îl trădează pe Mitruț? În plus, o mână de aur înseamnă mult mai puțin decât promisiunea unei vieți în opulență din partea mistrețului. Eu zic că nu va accepta, iar dacă se va întâmpla asta, nu vom mai avea nicio variantă.

— Hmmm, nu zici chiar rău. Și ce propunere ai?

— Eu zic să facem așa: ne dăm drept animalele trimise de Mitruț în întâmpinarea lui. Unde ai zis că va fi așteptat de lupi?

— La troiță.

— Așa. Noi vom merge mult mai în față, în pădurea de lângă Valea cu Apă. Ne vom prezenta frumos și îi vom spune că protocolul prevede ca, atunci când o personalitate deosebit de importantă, precum domnia sa, vizitează pădurea, să treacă mai întâi pe la casa de primire a oaspeților.

— Un fel de casă de protocol?

— Exact!

— Și unde e acea casă de protocol?

— Căsuța lui Pablo, de la noi din curte.

— Și ce rezolvăm dacă îl ducem acolo?

— Îl închidem acolo. Apoi eu mă duc la troiță, în locul unde vor aștepta lupii, și mă voi da drept inspectorul trimis de Marea Uniune a Pădurilor.

— Și eu? Eu ce fac?

— Tu te duci în pădure și aștepți. Eu voi lucra în așa fel încât să îndepărtez porcii-mistreți de la conducere, să le dezvălui animalelor toată tărășenia și să spun că tot adevărul a ieșit la suprafață datorită ție.

— Dar dacă, să presupunem, animalele îți vor spune că eu am fost cel care le-a atras în capcana lui Mitruț? De altfel, eu sunt convins că ele au impresia asta deja. Totul s-a întâmplat atât de brusc, încât nici nu am apucat să le spun că eu nu am nicio legătură cu ambuscada în care au fost capturate.

— Păi, una ca asta nu ar avea niciun sens. Nu tu ai venit să-mi zici că au fost capturate și să îmi propui să mergem să le salvăm? De ce ai fi făcut una ca asta dacă ai fi fost implicat? Am să le deschid eu ochii dacă vor gândi asemenea lucruri urâte despre tine. Nu sunt cele mai inteligente și știu că la capitolul ăsta eu mă pricep.

— Ai dreptate, Petrică. Nici nu știi cât mă bucur că nu mai ai suspiciuni legate de caracterul meu. Dar ce se va întâmpla după ce înlăturăm porcii? Probabil că Brun va fi ales din nou de animale.

— Păi, și nu asta îți doreai? Nu de asta ai chemat animalele în pădure?

— Da, dar eu? Cu mine ce se va întâmpla?

— Înțeleg ce zici. Fii atent ce idee genială am. Ce ar fi să candidezi chiar tu? Vom spune că tu ai salvat pădurea de porci și că tu meriți să fii noul Rege. Voi susține că și eu l-am văzut pe Brun discutând cu oamenii despre cedarea pădurii. Iar în mine chiar vor avea încredere animalele, doar sunt inspector de la Marea Uniune a Pădurilor, ai uitat? spuse Petrică râzând.

Deși fusese reticent la început, auzind despre viitorul pe care i-l prevestea Petrică, vulpoiului i se înfoia coada de entuziasm și deja se vedea Regele Pădurii.

— Dar ar mai fi o singură problemă, spuse vulpoiul.

— Ce problemă?

— Animalele se așteaptă ca inspectorul să fie un animal străin, nu un banal motan domestic. Va fi cam greu de crezut, chiar și pentru niște animale lipsite de educație, că o pisică de casă vine dintr-o pădure îndepărtată.

— Ei, lasă, că găsesc eu o poveste până atunci. Le-aș putea spune că am fost abandonat de mic în pădure și am fost crescut de o familie de lupi. La povești nu mă pricep eu? Stai liniștit.

Se luminase bine de ziuă și cele două animale se apropiau de troiță, acolo unde cei patru lupi erau deja la post, așteptându-l pe inspector. Așa cum stabilise Petrică, ei urmau să meargă mult mai în față, pe un drum forestier numit de localnici Valea cu Apă.

Pentru că era mult prea devreme, cei doi s-au oprit la o răscruce de poteci, unde au băut apă rece dintr-un izvor și de unde puteau observa ușor apropierea vreunui animal dinspre pădurea vecină, cea din care urma să ajungă inspectorul.

— Ai mai fost aici? îl întrebă vulpoiul pe motan.

— Desigur, vin aici chiar foarte des, e o apă foarte bună la acest izvor. Dar tu?

— Ehe, bunul meu frate de cruce. În semn de mare prețuire pe care ți-o port, am să-ți împărtășesc ceva ce nu am mai zis nimănui până acum. Chiar acest izvor e locul în care veneam aproape zilnic cu tatăl meu pentru a lua apă. Mama mea născuse încă trei frați, iar eu, fiind mai mare, veneam aici cu tatăl meu și luam apă proaspătă, pe care le-o duceam puilor.

— După cum vorbești, se pare că ți-ai iubit mult tatăl.

— Enorm! Tot cu el mergeam la vânătoare de iepuri, ba chiar ne-am încumetat odată să ucidem o căprioară. Lupta a fost grea, dar am izbutit împreună. O lună de zile a mâncat toată familia din carnea fragedă a căprioarei.

— Uite! Se vede ceva! exclamă Petrică.

Din depărtare, două puncte mici se apropiau de ei pe drumul forestier.

— Nu e el. Sunt două animale rătăcite probabil.

Pe măsură ce se apropiau, cele două puncte deveneau tot mai mari. Petrică se cățără într-un brad, încercând să nu lase să se vadă stângăcia mișcărilor, el fiind un motan de interior, care ieșea foarte rar din casă și doar cât să mai necăjească puțin puiul de câine. Nu fusese în viața lui în pădure, iar singura apă pe care o băuse nu era în niciun caz de la izvor, ci de la robinet, pe care o sorbea din bolul lui curat doar dacă era proaspătă.

— Acum văd mult mai bine. Sunt două animale. E o alpaca mică și albă, iar celălalt, dacă îmi aduc bine aminte din numeroasele reviste cu animale pe care le-am citit, este un șacal auriu.

— Șacal auriu? Nu am auzit în viața mea așa ceva, dar sigur el trebuie să fie. Dar de ce e cu o alpaca albă? întrebă vulpoiul.

— Ne lămurim noi imediat. Acum haide să-i întâmpinăm. Mă lași pe mine să vorbesc, spuse Petrică, în timp ce coborî din copac la fel de greu cum urcase.

Ajungând în fața șacalului, Petrică și Viktor se opriră și își plecară capetele.

— Ziua bună, prea scump stăpân. Dumneavoastră trebuie să fiți inspectorul trimis de Marea Uniune a Pădurilor, se vede asta clar doar din prestanța dumneavoastră.

— Ziua bună și vouă. Numele meu e Dispor și da, sunt inspector.

— Iertare nouă că nu ne-am prezentat. Eu sunt Petrică și el e Viktor, amândoi suntem simpli slujitori ai puternicului Mitruț, dar suntem animale de mare nădejde.

După cum bine își dăduse seama Petrică, Dispor era un șacal auriu și venea tocmai din Belgia. Semăna destul de bine atât cu vulpea, cât și cu lupul. Avea niște urechi imense și ascuțite, care îi stăteau în sus, iar blana îi era mai mult roșcată decât aurie. Coada îi era mult mai scurtă decât cea a vulpoiului și părea că fusese retezată cu toporul. Era foarte bine clădit, semn că nu cunoștea foamea, iar o luptă contra lui nu ar fi fost deloc ușoară. Botul îi era ascuțit, iar cei doi ochi negri emanau viclenie, la fel ca ai vulpoiului.

— Dacă nu e cu supărare, am vrea să facem cunoștință și cu tovarășul dumneavoastră de drum, căci prietenii prietenilor noștri ne sunt și nouă prieteni, spuse Petrică.

— Prieten? Ăsta e un pui de alpaca. Amărâtului i-au fost vânați părinții de o haită de lupi, iar pe el l-am luat cu mine ca să-l ofer în dar lui Mitruț, că doar nu veneam nici eu cu mâinile goale la o așa gazdă generoasă, căci așa am auzit despre porcul-mistreț. Nici nu m-am mai obosit să-i dau un nume. La voi se dau nume animalelor care urmează să devină hrană? întrebă Dispor râzând.

Petrică și Viktor au început și ei să râdă, sub privirea blajină a puiului, care nu înțelegea că urma să fie oferit drept carne pentru friptură.

— Mitruț e un porc foarte generos, bine ați aflat despre el. Se va bucura nespus pentru acest pui de alpaca. Bănuiesc că ați fost informat și că asta e friptura lui preferată, din moment ce ați ales acest... meniu, dacă-i pot spune așa, adăugă Petrică.

— Chiar nu am știut asta, dar se pare că am nimerit. Mai e mult până în pădurea voastră?

— Nu mai e mult deloc. Tocmai de aceea, că tot vorbeam despre generozitatea stăpânului nostru, vă invităm să ne urmați spre ceea ce noi numim casă de protocol. Nu știm dacă vi s-a zis, dar la noi, tradiția spune că, atunci când un oaspete deosebit de important ne vizitează, este primit mai întâi într-o căsuță de lemn frumos lucrată, unde este servit cu cele mai alese mâncăruri și cele mai fine băuturi. Se spune că nimeni nu poate purta discuții importante atunci când îi e foame, iar excelența voastră vine de la drum lung, e imposibil să nu-i fie foame.

— Motanule, te-aș minți să spun că nu sunt lihnit. Și nici setea parcă nu mi-aș irosi-o cu o banală apă de izvor. Haideți să pornim spre casa voastră de protocol, să văd cu ce vă lăudați.

Cele patru animale plecară spre curtea lui Petrică, iar vulpoiul alese o potecă din apropierea caselor, acolo unde nu ar fi putut fi observați de lupii de la troiță. Puiul de alpaca îi urma cuminte, fără să scoată niciun sunet, neștiind sărmanul ce soartă îl aștepta. Era doar un pui de un alb aproape perfect, cu doi ochi negri pe cât de mari, pe atât de blânzi. Cu boticul atât de mic, abia reușea să smulgă câte două, trei fire de iarbă răsărite din loc în loc pe poteca bătătorită pe care mergeau.

— Aici va trebui să sărim un gard, din păcate nu avem altă soluție pentru a ajunge la căsuță, le spuse Petrică animalelor.

— Adică vin atât drum și mă puneți să sar garduri? Ce fel de primire e asta? se enervă Dispor.

Petrică găsi repede o soluție pentru a ieși din acest impas și adăugă:

— Iertare, excelența voastră. Chiar de va trebui să ocolim puțin, vom putea intra pe o poartă care ne va aștepta deschisă. Îmi cer iertare încă o dată. În mintea mea neluminată, văzându-vă atât de puternic și de atletic, nu mi-a trecut prin cap nici măcar pentru o clipă ideea că săritul unui gard vă va pune vreo problemă. Am crezut că ați putea face asta fără să depuneți nici cel mai neînsemnat efort, dar pesemne că nu am luat în calcul că mișcarea v-ar jigni.

Spusele lui Petrică își atinseră rapid scopul, căci șacalul auriu exclamă și mai nervos:

— Acum vrei să zici că nu sunt în stare să sar un gard? Nu vom merge pe la nicio poartă. Vreau să văd gardul ăla care îmi stă mie în cale.

Petrică îl conduse până la gard, pe care îl sări el primul.

— Haideți, pe aici!

Șacalul era într-adevăr puternic, căci sări gardul fără să-l atingă, fiind urmat de vulpoi. După multe încercări și fiind împins de la spate de Petrică și Viktor, care coborâseră din nou în stradă, sări în final și puiul de alpaca. Petrică îi invită pe noii oaspeți în căsuța lui Pablo. Înăuntru erau niște paie răvășite și o găleată cu apă stătută în care pluteau câteva căcărăze. Pe una dintre laturi era o iesle plină cu fân, din care puiul de alpaca începu să mănânce – mai întâi timid, apoi cu nesaț.

— Asta e casa voastră de protocol? Pare mai degrabă un fel de grajd în care au stat capre sau oi, zise șacalul ușor iritat și nemulțumit.

— Casa nu e mare lucru, așa e, dar dacă luați loc, mă voi duce numaidecât să aduc bucate alese, cum, îmi permit să spun, nu ați mai mâncat vreodată.

Petrică îl trase pe Viktor deoparte și îi șopti la ureche:

— Tu ia loc cu el în căsuță, iar eu mă duc să aduc ceva de mâncare de prin casă, să văd ce oi găsi. Rămâi lângă el, să nu-i dăm nimic de bănuit. Când începe să mănânce, îți fac semn, ieșim amândoi, închidem ușa și o încuiem, că are și cheie. Nu există scăpare, l-am închis de multe ori pe puiul de câine aici ca să râd de el. Și ai văzut doar cât e de mare. Cu toate astea, nu a avut pe unde ieși. Geamul e termopan, ușa e groasă și trainică. Nu-i va rămâne decât să mănânce puiul de alpaca de foame și să bea din găleata cu apă stătută.

— Prea bine gândit, motane. Haide, du-te și adu ceva de mâncare, eu intru în căsuță, ca să nu-i dau nimic de bănuit. Când te întorci, aștept semnul tău.

Petrică intră până în casă și luă din frigider o bucată mare de parizer, niște slănină râncedă și un iaurt expirat de câteva zile, apoi se întoarse la căsuța lui Pablo, unde întinse bucatele în fața șacalului. Acesta se uită lung spre ele, apoi zbieră spre motanul care se afla în pragul ușii:

— Asta numești tu bucate alese? Nu vă e rușine?

— Ce-i, șacalule, nu-ți place iaurtul expirat? Parizer nu bagi la maț? Nici slănina nu-ți convine? întrebă Petrică râzând cu gura până la urechi, sub privirile nedumerite ale vulpoiului, care aștepta semnalul motanului.

— Normal că nu mănânc așa ceva! zbieră extrem de nervos șacalul.

— Atunci furajează niște fân și umple-ți mațul! spuse Petrică, în timp ce se retrăgea din pragul ușii și abia reuși să o închidă din cauza râsului isteric pe care i-l provocase propria glumiță cu furajarea fânului. Apoi întoarse cheia de două ori, ca să fie sigur, și își continuă râsul cu lacrimi în ochi.

— Petricăăă, eu ce fac? se auzi vulpoiul disperat din căsuță.

— Pe tine... pe tine... încercă Petrică să lege câteva cuvinte, dar nu putu din cauza râsului isteric. Pe tine te scoate de acolo tac-tu ăla de mergeai cu el la izvor să iei apă proaspătă pentru frățiorii tăi. Asta după ce probabil înviase, că prima oară când ai venit aici ne-ai zis că a murit când erai mic și că nici nu ai apucat să-l cunoști, continuă Petrică râzând în hohote.

— Când o să ies de aici, am să te mănânc de viu! îi strigă șacalul lui Petrică.

— Haide, lasă astea acum. Mai bine ia-ți o poziție comodă și ascultă-i poveștile vulpoiului mincinos. Te vor impresiona, știe foarte multe. Iar când îți va fi foame, să vezi ce bine îți vor prinde bucatele mele alese. Apa aia cu bale de cămil nebun va fi cea mai fină băutură. Când le veți termina și pe alea, vă dau un pont: dacă dați la o parte paiele, e foarte posibil să găsiți măsline. Le puteți păpa fără nicio grijă, că nu au sâmburi. Acum vă las, că am mult drum de mers și mă așteaptă patru lupi să mă preia cu onoruri.

Petrică se asigură încă o dată că ușa e încuiată și se duse spre gard, pregătit să-l sară pentru a se îndrepta către troiță. Chiar când își luă elan, auzi din spatele său un hâmâit care îl făcu să se întoarcă. Puiul de alpaca se uita foarte curios, cu ochii mari și cu urechile ciulite spre motan.

— Mmm, mmmm, mmmm.

~ Capitolul 23 ~

Petrică observase că, atunci când intrase în casă să ia parizerul, puiul de alpaca ieșise să pască iarbă din curte, dar se gândise să îl lase prin grădină până se întorcea el din pădure, nedorind să pice hrană vulpoiului și șacalului.

— Mielule, ce fac eu cu tine acum? O să te las aici până mă întorc, oricum nu poți sări singur gardul. Ai iarbă să paști câtă vrei, iar apa câinilor îți ajunge câteva zile.

Petrică sări pe gard și de acolo în stradă. La scurt timp, auzi un zgomot și se întoarse să vadă ce era.

— Mmm, mmm, mmm.

Puiul de alpaca sărise și el gardul și se uita cu aceeași privire curioasă spre Petrică.

— Aoleu, mielule, ce mă fac cu tine? Ai să te ții scai orice aș face, așa-i?

— Mmm, mmm.

— Cred că am o idee genială, iar vulpoiul nu e chiar prost. S-ar putea să fi avut dreptate când a spus că o pisică de casă ar bate la ochi prea tare și că ar ridica unele suspiciuni. Prea bine, mielule, am să te iau cu mine. Văd că nu știi încă să vorbești, ceea ce îmi convine de minune, dar m-ar ajuta măcar să știi să hâmâi la comandă. Ia, hâmâie!

— Mmm, mmm, hâmâi mielușul ca și când ar fi înțeles ce a zis Petrică.

— Perfect, mielule. Să mai încercăm o dată. Hâmâie!

— Mmm, mmmm!

— E exact ce-mi trebuie.

Motanul porni la drum cu alpaca ținându-se aproape de el, iar în scurt timp ajunseră la troiță, acolo unde erau așteptați de cei patru lupi.

— Bună ziua, excelențele voastre! salută unul dintre lupi, în timp ce toți patru își plecară capetele.

Petrică salută și el, iar apoi își întinse lăbuța spre lupul care salutase și care se uita acum nedumerit.

— Cred că trebuie să-i săruți mâna, îi șopti un lup la ureche, iar acesta se conformă.

Lăbuța lui Petrică fu pupată apoi pe rând și de ceilalți trei lupi, care procedară la fel și cu puiul de alpaca, aplecându-se pentru a-i săruta copita, deoarece acesta nu se sinchisise să și-o ridice, așa cum făcuse Petrică.

— Domnilor lupi, vi-l prezint pe domnul Mel, inspector al Marii Uniuni a Pădurilor. Eu sunt Petrică Luxor, asistentul și translatorul său, căci domnia sa a fost preocupat mai mult de studiul legilor și mai puțin de cel al limbilor prea puțin importante. Acum haideți să pornim spre stăpânul vostru, că și așa suntem în întârziere. Aș aprecia dacă unul dintre voi m-ar transporta și pe mine pe spatele lui vânjos.

Animalele au pornit la drum cu motanul călare pe un lup, iar în câteva ore au ajuns la fortăreață, acolo unde sălbăticiunile pădurii erau deja adunate pentru primirea inspectorului.

— Bună ziua, domniile voastre! salută respectuos Mitruț la vederea lui Petrică și a puiului de alpaca.

— Bună ziua! îi răspunse Petrică, în timp ce îi șopti puiului să hâmâie.

— Mmm! se auzi și puiul alb.

— Dați-mi voie să mă prezint. Eu sunt Petrică Luxor, asistentul și translatorul domnului inspector Mel.

— Domnul Mel? Așa îl cheamă? Mel, adică un fel de miel spus mai scurt? Păi, miel e și în limba noastră și înseamnă pui de oaie.

— Domnule porc, pun această gafă pe seama nerăbdării cu care ne-ați așteptat, altfel ar fi una inadmisibilă. Din fericire, domnul Mel nu vă vorbește limba și nici nu o înțelege, iar eu nu am să-i traduc ce ați spus, căci tare jignit s-ar mai simți. Mel e prescurtarea numelui domniei sale. Se numește Melbourne. Dar eu am considerat de cuviință, prieteni fiind, să vă îngăduim să-i spuneți Mel, așa cum îi spun toți apropiații.

— Îmi pare rău, chiar nu am vrut să vă jignesc. Doar că am făcut legătura asta... l-am văzut mai mic, chiar seamănă cu un pui. Mai ales că am avut ocazia să mai văd o alpaca adultă și e mult mai mare.

— Din nou jigniți, dar o faceți probabil fără să vă dați seama, așa că nu am să-i traduc domnului Melbourne nici asta. Mel este o alpaca de talie mai mică, e un fel de ponei al alpacalelor, dar e de mult timp adult. De altfel, a absolvit deja cinci universități de prestigiu internațional și a renunțat la a șasea tocmai pentru a veni aici să ajute.

— Îmi pare rău, îmi cer scuze domnului Mel! exclamă porcul.

— Eu sunt Gizelda, Regina Pădurii, interveni și scroafa.

— Mmm, mmm, se auzi mieluțul.

— Nu, nu, domnule Mel, nu muma-pădurii, Regina Pădurii! se prefăcu motanul că îi traduce alpacalei, sub ochii nedumeriți ai mistrețului.

— Probabil că sunteți obosiți de pe drum, haideți să mâncați ceva și apoi, așa cum e obiceiul, dacă aveți disponibilitatea, v-am ruga să le adresați câteva cuvinte animalelor pădurii. Le-am adunat pe toate pentru dumneavoastră și deja vă așteaptă, spuse porcul.

— Da, chiar aș mânca ceva și sunt convins că și domnului Mel îi e foame.

Însoțiți de cei doi porci-mistreți, Petrică și puiul de alpaca intrară într-o sală imensă, opulentă, dar amenajată cu mult prost gust. Niște candelabre mari făcute din crengi de brad atârnau din tavanul ornat cu fel și fel de ghirlande kitschoase. În mijlocul sălii era așezată o masă cu multe scaune învelite în frunze mari de brusture. Pe masă erau numeroase feluri de mâncare, așezate cu mare grijă de doi ratoni pe post de servitori.

Petrică se așeză într-un capăt al mesei, iar alpacaua în celălalt capăt, la indicația motanului.

— Nu pot spune că nu v-ați organizat, însă eu nu pot mânca asemenea cărnuri de nutrie sau ce o fi asta, căci am stomacul sensibil și îmi provoacă iritații. Aș dori, în schimb, niște mușchiuleț de vită argentiniană.

— Mă tem că nu avem așa ceva, domnule Luxor, îi răspunse porcul umil.

— Atunci, și eu mă tem că voi fi destul de irascibil, așa cum mi se întâmplă atunci când nu mănânc ce îmi doresc. Trebuie să recunosc că, din fericire, mi se întâmplă foarte rar asta. De data asta am să mănânc, dar până mâine v-aș fi recunoscător dacă ați face rost de ceea ce v-am spus.

— Domnule Mel, dumneavoastră ce serviți? întrebă Gizelda dorind să fie cât mai primitoare.

— Mmm, mmm.

— Ce a zis? îl întrebă Gizelda pe motan.

— A zis că el nu servește nimic, pentru că nu e servitor. El dorește să fie servit, nu să servească, răspunse Petrică.

— Îmi pare rău, a fost o exprimare nefericită, se scuză scroafa, fără să își dea seama că mielușul nu ar fi putut înțelege întrebarea ei și că Petrică inventa totul.

— Domnul Mel dorește niște otavă proaspătă cu flori de iasomie și mușețel. Sper că așa ceva aveți, căci domnul Mel e foarte pretențios și altceva nu mănâncă.

Mitruț îi făcu semn unui raton, apoi îl trimise urgent la depozitele de mâncare special construite pentru porci și îl puse să aducă de acolo cea mai bună otavă pe care o găsește. Ratonul se întoarse de urgență și îi așeză alpacalei un braț de otavă cu ierburile cerute de Petrică.

— Sper să avem o relație foarte bună, să ne înțelegem și să colaborăm bine, începu porcul discuția de care era interesat.

— Eu am încredere că așa va fi, răspunse Petrică, în timp ce înfuleca dintr-o bucată de friptură.

— După cum mi-a spus broscoiul, am înțeles că ați dori ca, după ce vă terminați aici treaba, să rămâneți definitiv la noi în pădure. Bine, eu știam doar dorința domnului inspector, dar sunt sigur că se poate rezolva pentru amândoi. Doar să îmi spuneți ce fel de locuință doriți, ca să dau dispoziție să fie construite cât mai repede.

— Se pare că e o neînțelegere la mijloc, domnul Mel sigur nu dorește să rămână aici, ba chiar știu sigur că trebuie să se întoarcă acasă peste cel mult o săptămână. Asta înseamnă că vă ajutăm cu treaba aia cu Cartea Pădurii, dacă e totul în regulă, desigur, iar apoi plecăm.

— Cum adică dacă e totul în regulă? Păi, eu credeam că știți cum stau lucrurile. Adică putem vorbi pe față, nu?

— Da, domnule porc. Știm! Cum să nu știm? Vrei să poți candida, dar te încurcă acea Carte a Pădurii. Păi, nu d-aia am venit?

— Ba da, ba da, dar eu credeam că stabiliserăm să rămâneți aici, să vă ofer tot ce doriți pentru tot restul vieții.

— Asta nu știu cine v-a zis, dar noi nu vrem așa ceva.

— Atunci, ce doriți în schimbul ajutorului vostru?

— Păi, îți spun imediat. Domnul Mel a zis că vrea să vadă situația animalelor, să vadă cum merg lucrurile și apoi negociem noi. Va depinde mult și de felul în care suntem tratați cât stăm aici, dacă înțelegi ce zic.

— Da, da, înțeleg. Veți fi tratați regește, așa cum se cuvine. Acum, dacă ați terminat de mâncat, v-aș ruga să ieșim și să le spuneți câteva vorbe animalelor din curte.

Motanul se ridică de la masă și îi făcu un semn discret puiului să îl urmeze. Însoțiți de mistreți, aceștia pășiră pe scena din mijlocul fortăreței, iar Gizelda luă prima cuvântul, apoi îl invită pe mieluț să se adreseze publicului. Petrică stătea în dreapta lui și îi șoptea să hâmâie.

— Mmm, mmm, mmm, mmm, mmm.

— Dragi animale, am venit în această vizită în pădurea dumneavoastră, traduse Petrică, în timp ce îi șoptea alpacalei să continue să scoată zgomote.

— Mmm, mmm, mmm, mmm, mmm, mmm.

— Pentru a observa dacă drepturile voastre sunt respectate și pentru a face o analiză a nivelului de trai.

— Mmm, mmm, mmm, mmm, mmm, mmm.

— De asemenea, vom observa dacă viitoarele alegeri pot fi periclitate în vreun fel și ne vom asigura că acest lucru nu se va întâmpla. Mulțumim pentru primirea de azi și vă urăm o seară plăcută!

Ropote de aplauze se auziră din mulțime, apoi animalele plecară în pădure discutând despre vizita inspectorului. Petrică și puiul de alpaca plecară cu Mitruț și Gizelda, fiind conduși spre cele două încăperi unde urmau să își petreacă noaptea. Mitruț însuși îi prezentă camera lui Petrică. Încăperea nu era foarte mare, dar era tapițată cu cele mai scumpe catifele de diverse culori, iar patul amenajat special pentru Petrică era făcut din puf de boboci de gâscă, pentru a-i oferi motanului cel mai confortabil somn.

Camera mieluțului semăna cu a lui Petrică, dar patul era diferit, fiind confecționat din paie, iar în unul dintre colțurile camerei fusese amplasată o iesle plină de otavă.

Petrică îi șopti lui Mitruț că vrea să-i spună ceva între patru ochi, lucru care o făcu pe Gizelda să se retragă.

— Domnule porc, mi-e o ușoară jenă pentru ce îți voi spune, dar sunt sigur că mă vei înțelege. Am nevoie de ceva pentru a putea dormi.

— Dar se pune problema? V-am zis doar că suntem la dispoziția voastră.

— Mie mi-e teamă de întuneric, dar nici nu pot dormi pe lumină, nici dacă e doar o biată pâlpâială de lumânare.

— Atunci, voi pune la ușă cei mai puternici lupi pe care îi am. Vă vor păzi toată noaptea și veți putea dormi fără nicio grijă.

— Nu despre asta e vorba. Eu am nictofobie, așa se numește, adică fobie de întuneric.

— Și acasă la dumneavoastră cum dormiți? Sunt sigur că putem găsi o soluție, astfel încât să vă simțiți exact ca acasă.

— Aici voiam să ajung. Eu am fost abandonat de mic și am fost adoptat de o cățea care credea probabil că sunt puiul ei. Am crezut mult timp că ea e mama mea. Dormeam tolănit peste ea și mă cufundam în blana ei, pentru că era un câine mare și lățos. După ce a murit, mi-am dat seama că nu pot dormi decât pe blană de câine, așa că mi s-a pus la dispoziție un alt câine. Dar nici așa nu puteam dormi, pentru că nu era ca Laica – așa o chema pe cățelușa care m-a adoptat.

În timp ce povestea, lui Petrică i se prelingea o lacrimă pe care ar fi putut să o șteargă fără să fie văzut de Mitruț, dar pe care o lăsă până îi ajunse pe una dintre mustăți și de acolo picură pe pardoseală. Abia atunci se șterse cu ambele lăbuțe.

— Vai, rar mi se întâmplă să fiu văzut de cineva lăcrimând, dar așa mi se întâmplă ori de câte ori îmi aduc aminte de Laica mea.

— Nu e nicio problemă, vă înțeleg perfect. Animale suntem doar, avem sentimente și uneori e chiar bine să le exteriorizăm.

— După cum spuneam, după ce Laica a murit, mi-a fost adus un câine cu păr scurt și de talie mică. Nu am reușit să dorm deloc cu el, pur și simplu nu era ca Laica. Mă gândeam că nu voi mai putea dormi niciodată fără ea, dar apoi mi-am zis să încerc să fac rost de un câine la fel de mare și de lățos. Așa că am mers la o stână și am luat un câine ciobănesc mioritic. Am dormit buștean pe blana lui și de atunci numai pe el am ațipit. Din păcate, e destul de bătrân și mai are și probleme la o lăbuță, așa că nu l-am putut lua cu noi la drumul ăsta lung. Nu cred că ar fi făcut față unui asemenea efort, mai ales că are și o displazie de șold. Când am venit spre voi, cam la o oră distanță de aici, am văzut o stână unde erau câțiva astfel de câini. Nu m-am putut apropia, pentru că ne-ar fi făcut praf, erau pe puțin douăzeci de astfel de câini. În plus, erau și doi ciobani care se sprijineau în bâte. Dar acum, că s-a lăsat întunericul, te-aș ruga să trimiți niște lupi la stână și să-mi aducă un câine. Dar ai grijă, e nevoie de minimum cincizeci de lupi, o haită întreagă. Și chiar și așa, probabil că unii dintre ei vor pieri, căci sigur va exista o luptă acolo. Pe de altă parte, nici nu cred că ai vrea să nu dorm deloc cât stau aici, mai ales că devin foarte irascibil când sunt nedormit.

— Domnule Luxor, aș trimite lupii la moarte sigură acolo, cunosc stâna. Mulți lupi plecați după oi au fost jupuiți de câini. Nu prea sunt șanse să pleci de acolo cu vreun miel măcar, darămite cu ditamai câinele. Dar am altă idee. V-aș putea da un lup și dormiți pe el, vi-l aduc pe cel mai blănos.

— Deja îmi cam pierd răbdarea. Chiar v-am cerut luna de pe cer? Am nevoie de un câine, ce e așa mare lucru? Cum să dorm cu lupul? Eu, care îmi dau blănița cu cele mai scumpe parfumuri franțuzești, să dorm în duhoare de lup?

— Chiar nu am vrut să vă jignesc. Mă duc să mă sfătuiesc cu șeful haitei de lupi să văd ce putem face.

— Eu aștept o oră. De fapt, am să mă duc să vorbesc cu domnul Mel ca să văd ce dorește mai exact. Ca să știm clar. Dar la cum îl cunosc eu, sunt aproape sigur că o să vrea aur. Ăla îi place lui cel mai mult. Și îți mai spun ceva, în caz că nu ți-ai dat seama până acum. Am un cuvânt greu de spus în fața domnului Mel, așa că un câine pe care să dorm cred că ar face ca plata să scadă cu vreun kilogram de aur.

— Aș aprecia dacă ați pune o vorbă bună, domnule Luxor. Nu stăm nici noi prea bine cu aurul în perioada asta. Mergeți și vorbiți cu domnul Mel și eu mă duc să rezolv cu câinele. Vă promit că rezolv.

Petrică plecă în camera alpacalei albe, iar Mitruț ieși în curtea fortăreței și se îndreptă spre lupii care păzeau intrarea închisorii de sub fortăreață.

— Mieluțule, mieluțule, îți place fânul ăsta fin, așa-i? E bine să fii inspector, cum să nu fie bine? Ia zi, cât aur le cerem porcilor ca să-ți dai acordul pentru schimbarea Cărții Pădurii?

Mieluțul se uita spre motan fără să priceapă nimic din ce zicea, dar își ciulea urechile și hâmâia de parcă ar fi vorbit și el.

— Mmm, mmm.

— Zece kilograme de aur? Nu-i prea puțin? Eu zic să le cerem unsprezece, că i-am zis că îi fac reducere de unul dacă îmi aduce puiul de câine. Oare îl aduce pe Iancu sau merge la stână să aducă de acolo vreun câine? Aș paria că aduce puiul de câine și va spune că l-a adus de la stână. Ha, ha, ha, măi, mielule, de ai pricepe tu ce fac aici. Dar vei avea timp, că tare mi-e că îmi vei ajunge subaltern și tu.

~ Capitolul 24 ~

Cairo, Pablo, Otto și Iancu nu puteau adormi și încercau să își explice cum ajunsese Petrică în pădure, dar mai ales, cum de era însoțit de un inspector de la Marea Uniune a Pădurilor.

— Din ce am putut vedea eu pe fereastră, acea alpaca nu are mai mult de șapte luni, cred că nici să vorbească nu știe, zise Pablo.

— Ba volbea, dal în altă limbă, ial Petlică tladu-țea, nu ai auzit?

— Eu nu cunosc limba aia, dar cred că scoteam și eu pe vremea când eram doar un pui un hâmâit asemănător. Tu ce părere ai, Cairo?

— Ce părere să am? Parcă nu îl știți pe Petrică... Eu zic că bietul pui de alpaca doar gemea și el acolo ceva, iar Petrică traducea cum îi debita lui mintea. Mi-e și groază să mă gândesc ce-o fi în capul lui și ce are de gând să facă. E tare imprevizibil motanul ăsta, dacă acum câteva zile dormea pe calorifer, iar acum e mare asistent de inspector. Sunt convins că lucrează să ne scoată de aici.

— Eu cred că are dreptate Cairo, zise Otto.

— Din ce mi-ați povestit despre acest Petrică, eu cred că e un animal genial, spuse Kabis din colivia sa, care era în aceeași încăpere.

— Eu stiam că Petlică e destept tale. Abia astept să ies de aiţi si să melgem acasă!

Uşa temniţei se auzi scârţâind şi o flacără de torţă lumină încăperea. Doi lupi mari priveau spre animalele speriate.

— Tu! Va trebui să ne urmezi! Dar ascultă bine, afară este o haită întreagă de lupi, inclusiv cel pe care l-ai izbit de copac şi care abia aşteaptă să aibă ocazia să sfâşie carnea de pe tine. Dacă faci o singură mişcare greşită, veţi pieri şi tu, şi amicii tăi.

— Cu ţine volbesti? Cu mine?

— Cu tine, da. Ieşi afară şi urmează-ne!

— Melgem la plimbale? Mie îmi plaţe să mă plimb, dal acum îmi e puţin nani.

— Vă rog să-l lăsaţi, e doar un pui. O să vin eu! spuse Cairo în timp ce se îndrepta spre uşă.

— Marş, potaie, la loc! Eşti ciobănesc mioritic?

— Nu, sunt german, dar tot ciobănesc.

— Atunci stai acolo cuminte şi nu mai face pe eroul! Sâsâitule, haide mai repede, ieşi!

Puiul de câine ieşi şi îi urmă pe cei doi lupi până în curtea fortăreţei, acolo unde îl aştepta Mitruţ.

— Cum te cheamă, javră?

— Pe mine mă cheamă Iancu si nu sunt zavlă, eu sunt pui de câine.

— Fii atent aici la mine. Avem un oaspete deosebit de important pentru noi şi are nevoie de un câine ciobănesc mioritic. Nu va trebui să faci nimic, doar să dormi. Vei avea norocul să dormi în una dintre cele mai luxoase camere de aici, așa că zi mersi. Când am spus că nu va trebui să faci nimic, înseamnă că nici să vorbești nu trebuie. Un singur cuvânt dacă ai scos, limba îți va fi tăiată. La ușă vor sta oricum doi dintre lupii cu cel mai ager auz, așa că nici nu are rost să încerci ceva. Dacă motanul ăla nesuferit te va întreba ceva, nu vei răspunde nimic. Nu ai voie să vorbești, îți e clar?

— Si, seniol. Nu volbesc nimic.

— Așa. Acum vino după mine.

Mitruț îl conduse pe puiul de câine până la dormitorul lui Petrică și bătu în ușă. Motanul deschise ușa și privi lung spre Iancu. De bucurie, dădea involuntar din coadă, făcându-l pe Mitruț să se uite mirat spre gestul câinelui. Petrică văzu reacția porcului, se apropie brusc de puiul de câine și îi dădu o labă peste bot.

— Ce dai din coadă, potaie? Ai venit aici să te guduri? Vreau alt câine! strigă Petrică spre Mitruț.

— Domnule Luxor, să ne fie cu iertare, l-am luat cu greu și pe ăsta. Trei lupi au murit în lupta care a avut loc la stână.

Atunci, din respect pentru lupii care și-au sacrificat viața, am să accept cotarla asta.

— Mulțumim pentru înțelegere, domnule Luxor! Să aveți o noapte liniștită!

— Noapte bună!

Petrică închise ușa, iar în cameră se făcu beznă. Puiul de câine se așeză într-un colț și se întinse pe burtă, iar Petrică se sui pe spatele lui și se întinse și el, fără ca Iancu să scoată vreun sunet, deși nu înțelegea de ce se urcase motanul pe el.

Mitruț ieși în curte și apropie ușor o torță de fereastra camerei, cât să poată observa motanul dormind pe spinarea câinelui, lucru pe care Petrică îl anticipase bine. După vreo zece minute de liniște deplină, motanul spuse în șoaptă.

— Pui de câine!

Niciun răspuns.

— Sâsâitule!

Din nou niciun răspuns.

— Iancule! șopti Petrică puțin mai tare și îl înghioldi pe pui din cot. Dormi, pui de câine?

— Nu dolm, dal îmi vol tăia limbuța dacă volbesc țeva.

— Atunci vorbește cât mai încet, să nu ne audă nimeni.

— Petlică, să stii că mie mi-a fost dol de tine!

— Aoleeeu, taci, câine. Zi-mi mai bine cum sunt ceilalți.

— Sunt bine cu toții. Sunt supălați, le e cam fomiță, dal sunt bine.

— Unde v-a închis porcul? Unde vă ține?

— Ne-a închis întl-o temniță de sub pământ, unde nu e niți lumină.

— Ești în pădure, pui de câine. Ai vrea să aibă lampă cu leduri? Cum ați ajuns acolo? Povestește-mi tot, cu lux de amănunte, dar încet. Zi-mi la ureche.

— Domnul vulpoi ne-a păcălit si ne-a plins cu niste lupi mali, dal eu am luptat si am dat cu niste lupi de pământ, dal apoi au venit a doua oală si mai mulți si ne-au plins. Apoi ne-au adus aiți si au zis că suntem stlăini cale vol să ia pădulea, ial animalele au zis că ele nu îsi vând țala si ne-au băgat în temniță cu Kabis. Si cu Avis si cu Gâduț, cale i-a tlădat si a zis că ulsul Blun e lău si vinde pădulea oamenilol.

— Stai, puiule, stai, că nu înțeleg nimic din ce zici. Vorbești ca și când eu știu deja cine sunt Kabis, Avis și Gâduț. Cine-s ăștia?

— Sunt niste soimi. Sunt închisi si ei, dal animalele din pădule cled că au mulit, nu stiu că sunt aiți.

— Pui de câine, tu puți mai tare decât o întreagă haită de lupi! Acum trage aer în piept, ia-o de la început, mai rar și mai coerent.

Până dimineață, puiul de câine îi povesti lui Petrică detaliat tot ce se întâmplase de când plecaseră de acasă.

~ Capitolul 25 ~

Cum se lumină de ziuă, o bătaie în ușa odăii îl trezi pe puiul de câine, care adormise doar cu puțin timp în urmă, toată noaptea povestindu-i lui Petrică ce se întâmplase, cum au fost prinși, unde e temnița și cum se poate ajunge la ea, cum luptase el cu lupii, ce făcuse Gâduț și multe altele. Petrică se trezi și el cu greu și deschise ușa somnoros. Un raton cu un platou mare cu pește îl salută respectuos și îl anunță că micul dejun este gata, îi lăsă platoul și plecă.

— Ia și mănâncă, pui de câine. Eu sunt plin.

Iancu înfulecă peștii pe nerăsuflate, dar păstră în gură doi mai mari, fără să-i înghită. În scurt timp, își făcură apariția Mitruț și Gizelda, însoțiți de doi lupi, care îl preluară pe Iancu din mers.

— Bună dimineața, domnule Luxor! Cum ați dormit?

— Dimineața bună și vouă! Am adormit destul de greu, mai ales că sunt învățat să mai schimb niște vorbe înainte de a ațipi. Or, câinele ăsta pe care mi l-ați adus e mut. O vorbă nu a scos pe gura aia mare.

— Cred că o fi mut, am observat și eu că nu vorbește. Sau e încă șocat de lupta la care a asistat aseară. Vă spun, a fost măcel acolo, azi-dimineață au mai murit doi lupi care suferiseră răni grave la stână. Unuia i-a dat chiar ciobanul cu parul în cap, iar celălalt a fost mușcat rău de gât de câini. Nu v-am mai spus ieri, ca să vă las să aveți somnul lin. Sper totuși să apreciați efortul de a găsi un câine ciobănesc pentru excelența voastră. Și sper că va cântări gestul meu...

— Domnule porc, înțeleg perfect la ce vă referiți. Așa cum v-am zis că voi face, am fost și am vorbit cu domnul Mel, iar acum vă pot spune că gestul dumneavoastră, în aur, cântărește fix un kilogram. Mai exact, domnul Mel a zis că vrea unsprezece kilograme de aur pentru a vă face acel favor. Am insistat că ar fi mai bine doar zece și până la urmă a fost de acord.

— Zece kilograme de aur? E cam mult, domnule Luxor. Nu prea e frumos ce faceți. Eu m-am ținut de cuvânt și v-am tratat regește, dar văd că deja exagerați cu pretențiile. Dar fie, o să facem ca voi. Zece kilograme de aur și plecați apoi.

— Porc-mistreț, după cât de ușor ai cedat ofertei, bag de seamă că ai de gând să aștepți să terminăm treaba și apoi să ne faci felul și să-ți iei aurul înapoi. Fix asta ai gândit, așa-i? Zi că nu am fler. Ce nu știi tu însă, porcule, e că zgarda asta roșie pe care o port la gât e mai mult decât o simplă zgardă. Zgarda asta le arată animalelor de la mine din pădure exact poziția în care mă aflu, dar mai ales faptul că sunt în viață. Dacă eu pățesc ceva, zgarda asta le va avertiza și să vezi apoi armate de șacali aurii cum n-ai văzut în viața ta. Vă vor nimici numaidecât. În plus, animalele știu că noi ar trebui ca poimâine, cel târziu, să ajungem acasă. Când vor vedea că nu am ajuns, la ce crezi că se vor gândi? Alungă-ți gândurile rele din cap, că nu-ți fac bine. Gândește-te că, dacă devii Regele Pădurii, aduni alte zece kilograme de aur imediat.

— Dar nici prin cap nu mi-a trecut așa ceva, domnule Luxor, chiar mă jigniți. Acum îmi dau seama că, dacă ar trebui să ajungeți acasă cel târziu poimâine, asta înseamnă că ar trebui să plecați chiar azi.

— Păi, chiar azi plecăm. Azi rezolvăm treaba și plecăm.

— Atunci, îl chem pe broscoi să vină cu tot ce e necesar şi cu noua Carte a Pădurii, pe care a scris-o deja.

— Da, îl poți chema, dar mai întâi adună toate animalele pădurii în fortăreață. Domnul Mel mi-a spus aseară că nu vrea să rămână nimeni cu nicio suspiciune legată de ce s-a întâmplat aici, așa că își dorește să le adreseze personal niște ultime cuvinte animalelor, înainte de plecarea noastră. Vrea să se asigure că toate animalele au înțeles că nu am găsit aici nimic care să nu fie în regulă. Ba mai mult, insistă să îți mulțumească public și să te laude pentru modul în care ai putea administra treburile pădurii. Eu zic că asta te-ar ajuta enorm la alegeri.

— Da, e perfect! Asta chiar e o veste bună, nici nu îmi venise ideea. Ar da foarte bine pentru mine și aș crește și mai mult în ochii animalelor.

— Încă ceva. Aurul. Zece kilograme într-o desagă pe care o va purta domnul Mel pe spate.

— Acum rezolv! zise porcul entuziasmat și o trimise pe Gizelda să aducă aurul, căci ea era singura care știa locul în care stătea ascuns.

Puiul de alpaca ieși și el din cameră și se așeză lângă Petrică.

— Bună dimineața, domnule Mel! îl salută Mitruț aplecându-se ușor, în semn de respect.

— Mmm, mmm, gemu mielul.

— Domnule Mel, tocmai ce i-am explicat domnului Mitruț pretențiile noastre, pe care le-a acceptat cu plăcere. În jumătate de oră, toată suflarea animalelor va fi în curte și vă va aștepta discursul de final de vizită. Dacă-mi permiteți un sfat, vorbiți ceva mai mult despre Mitruț, chiar e băiat bun și merită ajutat să devină conducătorul animalelor.

— Mmm, mmm.

— A zis că va vorbi foarte mult despre dumneavoastră, îi traduse Petrică porcului.

— Vai, vă mulțumesc mult!

Gizelda se întoarse cu desaga plină cu aur, iar Petrică îl rugă pe Mitruț să o pună pe spatele mielului.

~ Capitolul 26 ~

La vederea lui Mitruț, a Gizeldei, a lui Petrică și a domnului Mel, gloata de animale făcuse liniște totală. Pe scenă păși prima dată Gizelda, care se adresă animalelor:

— Dragi animaluri, înainte de a-și încheia vizita la noi în pădure, o vizită constructivă, care i-am impresionat profund pe importanții noștri oaspeți, aceștia vor să vă adreseze ca încheiere niște cuvinte de final. Să-i ascultăm cu atenție.

Spunând asta, Gizelda se retrase și le făcu loc lui Petrică și puiuțului de alpaca. Primul care luă cuvântul fu Petrică.

— Bună ziua tuturor. Vreau să vă mulțumesc pentru primirea de care am avut parte, dar mai important e să auzim ce are de zis domnul Melbourne, căci domnia sa are cel mai greu cuvânt de spus. Pentru a nu sacada foarte mult discursul, propun să-l las pe domnul Mel să-și țină tot discursul, iar la final să-l traduc integral. Domnule Mel, aveți cuvântul.

Mieluțul se apropie și, la un semn discret al lui Petrică, începu să hâmâie, iar de fiecare dată când se oprea, motanul îl mai atingea subtil cu cotul, făcându-l să continue.

— Mmm, mmm, mmm etc.

La un moment dat, Petrică îl dădu la o parte, dând de înțeles că discursul inspectorului s-a terminat, iar animalele, la îndemnul unor mistreți plasați strategic în mulțime, începură să aplaude cu entuziasm, deși nu înțeleseseră nimic și așteptau nerăbdătoare traducerea lui Petrică. Motanul își luă mutra sobră și începu să traducă pe un ton grav:

— Dragi animale, deși am fost primiți cu multă ospitalitate, nu am putut să nu observ sărăcia în care se scaldă această pădure, lucru care mi-a displăcut total.

La auzul acestor cuvinte, animalele adunate în curtea fortăreței începură să se uite uimite unele către celelalte. Petrică reluă traducerea:

— Deoarece mi-am dat seama că animalele cu care intram în contact erau toate dinainte montate să ne spună că viața în pădure este una fericită, fără lipsuri, am făcut propria investigație și am aflat situația reală. Se pare că ați fost manipulate de acești porci, care l-au alungat pe ursul Brun folosindu-se de niște știri false date de șoimul Gâduț, asta după ce acesta a complotat cu Mitruț pentru a-i elimina pe Kabis și Avis. Vi s-a indus ideea că Brun a vândut pădurea oamenilor, deși el cobora în oraș după hrană tocmai pentru a nu consuma din hrana voastră.

Mitruț nu mai putu asculta și urcă pe scenă, de unde zbieră către animale:

— Aceștia sunt niște mincinoși! Noi nu ne vindem pădurea!

Mistreții din mulțime începură și ei să strige același lucru, dând tonul tuturor animalelor.

— Noi nu ne vindem pădurea, noi nu ne vindem pădurea! se auziră animalele în cor.

— Arestați acest inspector! Și pe motan! strigă Mitruț către o haită de lupi din apropiere.

— În cazul ăsta, cred că e momentul să-mi dau jos această zgardă de la gât, îi spuse Petrică lui Mitruț, în timp ce își duse lăbuțele spre zgarda roșie.

Mitruț se temu de gestul motanului și le făcu semn lupilor să se oprească, apoi strigă către animale:

— De fapt, pentru că nu am nimic de ascuns, am să-i las să-și continue discursul mincinos. Dacă mă gândesc mai bine, e chiar amuzant ce aud aici.

Mistreții infiltrați în mulțime începură să râdă copios, fiind imediat urmați de toate animalele, în afară de câteva destul de sceptice.

Petrică își reluă cuvântarea:

— Știu că e greu de crezut, dar ați fost mințiți și că străinii vor să vă ia pădurea. Asta a fost o altă minciună prin care ați fost manipulați. Mitruț nu urmărește altceva decât să ajungă Regele Pădurii, iar pentru asta are nevoie ca broscoiul pe care l-a numit șef al legilor să schimbe Cartea Pădurii. De aceea a fost nevoie de prezența noastră aici. Ca să ne convingă, Mitruț ne-a umplut desagii cu aur.

Spunând asta, Petrică tăie cu ghearele funia care ținea desagii pe spatele mieluțului, iar scena se umplu de bijuterii de aur.

Din mulțime se auzi un lung sunet de uimire.

— Au furat aurul! Au furat aurul pădurii! strigă Mitruț disperat.

Porcii din mulțime își făcură treaba pentru care erau amplasați acolo și începură și ei să strige:

— Au furat aurul pădurii! Aurul nostru! Au furat aurul!

Animalele strigară și ele la fel, spre bucuria lui Mitruț, care începuse să se liniștească văzând că animalele pădurii sunt de neclintit, iar vorbele spuse de motanul roșcat sunt ușor de combătut.

— Care aurul vostru, dragi animale? Știați până azi că aveți atât de mult aur? Vă bucurați voi de acest aur? De-asta sunteți trimise în orașe la furat de hrană? Că sunteți pline de aur?

Animalele păreau nedumerite, iar în fața acestor întrebări, Mitruț nu mai adăugă nimic. Petrică își continuă traducerea:

— Ca să nu mai zăbovim mult pe aici, am să închei spunându-vă că dragul vostru Kabis, șoimul care v-a adus veștile atâția ani, este închis într-o colivie chiar sub această fortăreață și el vă poate povesti cel mai bine tot ce s-a întâmplat.

— Asta e cea mai mare minciună! Kabis a murit de mult! zbieră porcul.

— Atunci e foarte simplu, domnule mistreț. Să mergem cu toții la închisoarea de sub fortăreață și toate animalele să vadă cu ochii lor. Dacă șoimul e mort, cu siguranță nu-l vom găsi viu într-o colivie, iar de nu e cum spun eu, pe noi să ne închizi acolo până ne putrezesc oasele, adăugă Petrică spre disperarea mistrețului.

— Doar nu am să-mi știrbesc eu autoritatea făcând ce-mi ziceți voi! Animalele mele nu au nevoie de astfel de discursuri și demonstrații penibile. În închisoare nu se află decât străinii care vor să ne fure pădurea.

— Atunci, zic să mergem să vedem cu toții!

— Nu vrem să vedem! strigă Mitruț, fiind urmat de porcii din mulțime, iar apoi de celelalte animale.

— Nu vrem să vedem, nu vrem să vedem! se auzea din mulțime.

— Vrem să vedem! strigă Ringo, fostul șef al haitelor de lupi.

Din mulțime se auzea acum: „Vrem să vedem, vrem să vedem, vrem să vedem, nu vrem să vedem, vrem să vedem, vrem să vedem, nu vrem să vedem." Acel „nu" se auzea din ce în ce mai rar, până ce doar câțiva mistreți îl mai strigau, fiind însă acoperiți de forța vocii gloatei, care striga cu putere: „Vrem să vedem, vrem să vedem!"

Petrică se dădu jos de pe scenă și porni spre locul pe care i-l indicase puiul de câine drept intrarea în subteran, iar mulțimea îl urmă, dându-i la o parte pe mistreții care formaseră un cordon pentru a opri gloata. Ajunse în fața închisorii, animalele intrară buluc și ieșiră pe rând, strigând uimite: „Kabis e acolo, Kabis e viu!"

În fața puhoiului nervos, unul dintre cei doi lupi care știau despre existența lui Kabis în temniță, temându-se că va fi linșat, scoase o cheie ruginită și descuie colivia în care se aflau închiși șoimii. Cairo, Pablo, Otto și Iancu fuseseră și ei eliberați, iar acum mergeau cu toții spre scenă, pentru a le povesti animalelor tot ce se întâmplase.

Mulțimea făcu liniște deplină, animalele fiind extrem de curioase să asculte povestea. Kabis se apropie de scenă și vru să se adreseze mulțimii, dar fu întrerupt de un zgomot de pene mișcate cu repeziciune. Era Gâduț, care își luase zborul și se înălța spre văzduh, în scurt timp mai putând fi văzut doar un punct mic, până dispăru complet în înaltul cerului.

Kabis le povesti animalelor ce se întâmplase cu lux de amănunte, fiind completat pe alături de Avis, care se afla lângă el. La finalul povestirii, animalele erau mute de uimire și îl căutau din priviri pe Mitruț, însă acesta se făcuse nevăzut. Pădurea vuia de șușotelile animalelor, care înțelegeau că fuseseră mințite. Animalele domestice erau privite acum ca niște eroi, așa că au fost rugate să nu plece din pădure decât a doua zi dimineață, pentru a putea sărbători împreună. Ringo a mers la bârlogul lui Brun și i-a dat vestea, pe care acesta a primit-o cu mare bucurie și multă uimire. Toată seara a fost sărbătoare în pădure, animalele ascultând cu o deosebită curiozitate poveștile inventate de Petrică.

~ Capitolul 27 ~

A doua zi dimineață, au avut loc noile alegeri, pe care Brun le-a câștigat, obținând majoritatea voturilor animalelor, reluându-și astfel rolul de Rege al Pădurii. În cursul nopții, Mitruț fusese capturat de o haită de lupi, conduși din nou de Ringo, și fusese încarcerat chiar în temnița construită la dispoziția sa.

Animalele domestice nu mai aveau nimic de făcut în pădure, țelul lor fusese atins, așa că nu le-a rămas decât să își ia la revedere de la animalele pădurii, care le-au mulțumit pentru rolul lor, cerându-și scuze că le crezuseră străini avizi de pământurile lor. Petrică le-a povestit adevărul despre el și mieluț, spunându-le că el este un motan scămos de interior, iar alpaca este doar un pui care nici măcar nu știe încă să vorbească.

— Înseamnă că tu nu traduceai nimic? întrebă un bursuc curios.

— Ce ai putea traduce din niște sunete de bebeluș? întrebă Petrică, în râsetele animalelor.

Noii prieteni își luară rămas-bun, nu înainte ca Petrică să se uite cu jind spre desagii de aur rămași încă pe scenă. „Aurul meu..." își spusese motanul în gând.

Brun le-a mulțumit personal și le-a lansat invitația de a reveni în pădure oricând doreau, promițând că în scurt timp va reuși să aducă animalele la nivelul de trai dinainte. Puii de animale și-au reluat cursurile, broscoiul râios a fost înlocuit cu vechiul judecător al pădurii, animalele nu mai erau trimise la furat, fiindcă aveau unde să muncească din nou, ceea ce a dus la oarecare nemulțumiri din partea celor obișnuiți să lenevească toată ziua.

— Rămâneți cu bine, prieteni! Vă așteptăm în pădure când doriți voi, veți fi mereu bine-veniți aici! strigară animalele în cor.

— Cu siguranță vă vom vizita! răspunse Pablo, fiind aprobat de toți ceilalți, în afară de roșcovanul al cărui gând era tot la aurul din desagi.

Înainte să iasă din pădure, animalele domestice l-au zărit pe Cumpaș, care umbla în continuare cu pancarta pe care scria: „Mor cu ei de gât!“ Ajunși la troiță, Petrică se opri și spuse:

— Am uitat să vă zic ceva.

— Ce ai mai făcut? întrebă Cairo.

— În căsuța cămilului nebun avem niște oaspeți.

— Ce oaspeți? întrebă Pablo curios.

— Un vulpoi și un șacal auriu.

— Domnul vulpoi? Țe caută acolo? Ai gliză, că domnul vulpoi vlea să ne păcălească!

— Pe voi vă păcălește, nu pe mine. Pe mine a încercat să mă păcălească, dar probabil că nu citise că mai vicleni decât vulpoii sunt motanii roșcați. Ba chiar există o poveste denumită „Vulpea păcălită de motanul roșcat“.

— Petrică, povestea nu se numește așa, e „Ursul păcălit de vulpe“, îi spuse Cairo lui Petrică, făcându-le pe celelalte animale să râdă.

— Atunci, dacă nu există, cu siguranță va trebui scrisă. Am să o scriu chiar eu. Acum trebuie să ne gândim ce facem cu acest pui de alpaca.

— Nu-l putem lua acasă? O să am eu glijă de el, plomit!

— Sigur că îl luăm acasă, am să-mi împart căsuța cu el, mereu mi-am dorit un frățior. Asta după ce scăpăm de vulpoi și de... ce animal ziceai că mai e acolo?

— Un șacal auriu.

— Țe e un sacal auriu?

— E un fel de combinație între vulpe și lup, răspunse Cairo.

— Hmmm... s-ar putea să-l accept pe acest pui de alpaca. Merit un subaltern în plus. Acum haideți să mergem, mi-e foame și somn.

— Am înțeles că-l cheamă Melbourne. E cam lung numele ăsta, de la ce vine? întrebă Pablo.

— Vine de la Mel, cămilule. Iar Mel vine de la miel. Melbourne e un nume inventat de mine.

— Dacă pe mine mă cheamă Pablo, propun ca pe frățiorul meu să-l cheme Pedro.

— Îi puteți spune cum vreți voi, eu îi voi spune Mel, spuse Petrică.

Pe drumul spre casă, puiul de câine îi povesti încă o dată motanului cum se luptase el cu lupii și cum dăduse cu ei de pământ, rugându-i pe ceilalți să-i confirme lui Petrică.

— Spuneți-i lui Petlică cum am izbit lupul ațela male si cum l-am tlântit pe țelălalt.

Petrică se apropie de puiul de câine și-l mângâie pe creștet, spunându-i:

— Bravo, pui de câine, sunt tare mândru de tine. Mi-ai povestit asta deja de șapte ori. Dacă nu-ți tace gura aia, știi ce se întâmplă?

— Țe?

— Uite, asta! îi răspunse Petrică, în timp ce îi dădu câinelui un bobârnac peste botul negru, rece și umed.

Animalele începură să râdă, iar puiul de câine lăsă capul în jos bosumflat, fără să-i treacă prin cap niciun moment să riposteze în vreun fel la gestul lui Petrică. Apoi, după ceva timp, Iancu deschise din nou gura și spuse:

— Stii țeva? Mie mi-a fost dol de tine acolo în pădule!

— Aoleeeu, taci, sâsâitule, că-ți mai dau un bobârnac.

— Si mai stii țeva? Stiu că si ție ți-a fost dol de noi, d-aia ai venit să ne scoți de acolo. Eu cled că tu ai si plâns după noi.

Cairo, Otto și Pablo începură să râdă, iar Petrică nu mai scoase niciun cuvânt. Ajunși acasă, Petrică deschise obloanele căsuței lui Pablo și îi observă înăuntru pe vulpoi și șacal, care dormeau. Bătu de două ori în geam și strigă:

— Trezirea! Gata sejurul! Cum a fost *city-breakul*?

Animalele dinăuntru se ridicară în picioare și se uitară prin geam spre Petrică.

— Fiți atenți la mine! O să deschidem ușa larg, moment din care veți avea zece secunde să părăsiți curtea. V-am putea jupui, dar la cât de jerpeliți și flămânzi sunteți, mai mare ar fi efortul decât profitul pe care l-am scoate de pe blănurile voastre. În cazul în care încercați să faceți vreun gest nechibzuit, amintiți-vă că nu ați mâncat nimic de câteva zile, iar aici, afară, vă așteaptă ditamai ciobănescul german și un mioritic imens, care a zdrobit douăzeci de lupi puternici.

— Nu elau douăzeți, Petlică! interveni Iancu.

Petrică deschise ușa căsuței, iar cele două animale fugiră până la gard, pe care îl săriră fără să-l atingă. Petrică plecă să doarmă în casă, iar celelalte animale făcură curățenie în căsuța lui Pablo, acolo unde urma să locuiască și Pedro. Spre seară, toate animalele adormiră frânte de oboseală.

PARTEA A TREIA

~ Capitolul 28 ~

Zilele treceau, iar puiul de alpaca începuse să lege cuvinte și creștea văzând cu ochii. Prietenul lui cel mai bun era Pablo, dar era foarte atașat și de puiul de câine, care își făcea meseria de cioban cu conștiinciozitate, păzindu-i pe amândoi atunci când pășteau. Cairo și Otto îl plăceau și ei, dar erau din fire mai distanți și nu își petreceau foarte mult timp împreună.

Petrică era șeful lor, cel care le ținea ședințe și îi punea la treabă, fără ca animalele să aibă de obiectat. Dintre toți, pe Iancu îi plăcea să îl necăjească cel mai tare, adesea dându-i bobârnace peste bot, ironizându-l că e sâsâit sau și dându-i fel și fel de sarcini doar ca să râdă de el. Dar Iancu nu se supăra niciodată și asculta mereu de motan.

Trecuse aproximativ un an de la peripețiile animalelor, când Petrică le ținu o ședință în care le dădu o veste importantă.

— Băieți, vreau să vă dau o veste. Probabil ați observat că sunt foarte ocupat de ceva timp și nu prea mai stau pe la geam ziua.

— Nu stai pe la geam pentlu că fați nani toată ziua, zise Iancu.

— Deștept pui de câine, n-am ce zice. Dar de ce crezi tu că dorm toată ziua?

— Dolmi toată ziua pentlu că noaptea nu faţi nani, că meleu când dau londul de noapte ca să văd dacă e totul în legulă, la tine în camelă e o lumină aplinsă.

— Bravo, Sherlock Holmes. Dar știi tu de la ce e lumina aia?

— Nu stiu.

— Lumina aia e de la un monitor.

— Te uiți la filme toată noaptea, Petrică? Sau ce faci de stai cu monitorul pornit? întrebă Pablo.

— Lucrez, cămil nebun, lucrez.

— Tu lucrezi la o carte! spuse Cairo.

— Uitați aici câine înțelept și inteligent. Așa e, Cairo. M-am hotărât să aștern pe hârtie toate peripețiile noastre, așa cum a făcut și Pablo data trecută, când a scris cartea lui. Doar că a mea va fi mult mai bună.

— Ah, modestule, de ce nu mă mir? spuse Pablo.

— Si când o să putem să o țitim? Ai sclis acolo si cum m-am luptat eu cu lupii ațeia mali si lăi?

— Nu, dar am scris cum îți tot dau bobârnace. Cartea mea e încă în lucru, dar ca să fie completă, va trebui să mai facem un drum în pădure și să vedem starea lucrurilor după un an.

— Daaa, daaa, vleau în pădule la Blun si la Kabis, sunt culios țe fac toate animalele!

Cairo, Pablo și Otto au fost și ei de acord, așa că s-a stabilit că a doua zi dimineață urmau să plece în pădure. Puiul de câine nici nu dormise de entuziasm, așa că era obosit, folosindu-și pauza de la troiță pentru un pui de somn. De la troiță, au pornit mai departe, pe drumul pe care îl cunoşteau deja destul de bine, iar până spre seară au ajuns la destinaţie.

Animalele s-au bucurat nespus să îi vadă, iar Brun i-a tratat ca pe nişte oaspeţi importanţi, oferindu-le o masă îmbelşugată şi apoi camere odihnitoare şi calde. Au petrecut următoarea zi plimbându-se prin pădure cu Brun, Kabis şi Ringo, aceştia povestindu-le tot ce se întâmplase de la ultima lor vizită în pădure.

Au aflat astfel că lucrurile intraseră pe un făgaş normal şi că totul mergea spre bine, deşi mai erau multe de pus la punct. Puii de animale erau bine instruiţi de bufniţe şi aveau vaste cunoştinţe din toate domeniile, chiar educându-şi acasă şi părinţii, fiindcă cei care crescuseră pe timpul Gizeldei nu avuseseră parte de şcoală.

Se făceau şi lecţii despre importanţa participării la alegeri, despre implicarea civică, despre metode de a nu cădea pradă manipulării, despre modul de a distinge un zvon fals de unul adevărat şi multe alte lucruri utile într-o societate sănătoasă.

Copacii bolnavi până nu demult din cauza inactivităţii ciocănitorilor începuseră şi ei să îşi revină, doar foarte rar ivindu-se câte unul mai şubred.

Găduţ nu mai fusese văzut încă de când zburase de pe scenă şi nimeni nu mai ştia nimic despre el, iar Mitruţ era în continuare închis în temniţa lui.

Aurul recuperat fusese vândut, iar banii obţinuţi fuseseră investiţi în educaţia puilor şi în construirea de noi adăposturi pentru animalele relocate din vechea pădure, devenită cartier de locuințe pentru oameni.

În concluzie, viața în pădure era chiar mai bună decât înainte de Mitruț și Gizelda, poate și pentru că multe dintre animale învățaseră din greșelile comise și erau mult mai greu de păcălit. Numai hiena Cumpaș trăia în continuare în lumea ei, putând fi văzută din când în când cărându-și celebra pancartă prin care anunța că „moare cu ei de gât".

Broscoiul râios se mutase înapoi în balta de unde fusese adus de Mitruț și rareori i se mai auzea glasul. Cu toate că își scosese cei trei negi, era văzut de celelalte animale ca un personaj scârbos, care se vânduse pentru niște avantaje. Acesta avea însă o părere foarte bună despre el și chiar avea curajul ca, din când în când, să se laude cu realizările lui de pe vremea când fusese judecător al pădurii și cum rezistase cu stoicism presiunilor făcute de Mitruț pentru a schimba Cartea Pădurii.

Vulpoiul nu mai fusese nici el văzut prin pădure și se zvonea că umbla prin alte părți, însoțit de un șacal auriu.

Animalele domestice erau fericite văzând cum stăteau lucrurile în pădure și erau mândre că reușiseră să contribuie și ele la asta. Înainte de a pleca, Brun le-a strâns lăbuțele și le-a rugat să mai treacă prin pădure, deoarece toate sălbăticiunile se bucurau de vizitele lor.

— Vom mai veni, cu siguranță! spuse Petrică, în timp ce se distanțau.

Ajungând acasă, motanul roșcovan s-a dus direct la calculator, unde a notat tot ce aflase nou, scriind astfel un nou capitol al cărții sale.

Celelalte animale au rămas în curte, manifestându-și curiozitatea despre cartea lui Petrică.

— Oale țe sclie acolo? Abia astept să țitesc!

— Și eu sunt foarte curios! spuse Cairo, fiind aprobat și de Otto și Pablo.

Doar mieluțul părea neinteresat, alegând să pască niște iarbă în timp ce hâmâia.

~ Capitolul 29 ~

A mai trecut un an, iar Petrică tot lucra la carte, fără să o termine.

— Petlică, de un an întleg tot e lumina aplinsă noaptea la tine în camelă. Țe tot sclii atât? Dă-mi si mie să țitesc măcal țe ai sclis până acum.

— Răbdare, pui de câine, răbdare. Cărțile bune se scriu greu și necesită timp. Dar îți voi da o veste bună, cartea e spre final, mai am un singur capitol.

— Si când îl sclii?

— Imediat după ce ne întoarcem din pădure.

— Pădure? Iar vrei să mergem la Brun?

— Cămil nebun, să nu-mi zici că tocmai spirtul tău aventurier a murit și că nu mai vrei să mergi.

— Cum să nu vreau? Abia aștept!

— Atunci, mergeți la somn! Dimineață pornim!

— Petrică, dar în felul ăsta, tu nu vei termina niciodată cartea. Mereu vei fi curios cum mai e pădurea şi mereu vei dori să adaugi un capitol nou, spuse Otto.

— Ba nu. Mi-am propus încă de la început ca monitorizarea să dureze nu mai mult de doi ani. Ăsta e ultimul capitol. Apoi, eventual, voi scrie o nouă carte, mai ales dacă asta va fi un succes.

Animalele se treziră cu noaptea în cap și porniră la drum. După cum își formaseră obiceiul, se opriră la troiță pentru o pauză, dar observară cu stupoare că, în locul potecii înguste și delimitate de arbuști, aveau în fața lor ditamai strada asfaltată.

— Cled că am glesit dlumul! exclamă Iancu.

Petrică porni pe drumul asfaltat, urmat de celelalte animale rămase mute de uimire. Un claxon puternic le făcu să sară speriate în șanțul de pe marginea drumului, de unde observară trecând cu viteză un camion enorm cu remorcă. Înaintând prin șanț, puteau observa atât pe stânga, cât și pe dreapta întregi șantiere cu blocuri aflate în construcție. Macarale de zeci de metri înălțime se roteau de zor, făcând blocurile să crească văzând cu ochii.

Animalele mai înaintară câteva sute de metri, dând peste tot de același peisaj – blocuri, camioane, macarale, schele și muncitori.

— Închisoalea! exclamă Iancu, arătând cu lăbuța un camion în care se afla, făcută bucăți, capcana în care fuseseră prinși cei trei șoimi.

— Nu mai are rost să înaintăm. Au ras tot! spuse Petrică.

— Poate că a mai rămas ceva din pădure mai încolo. Haideți să mai mergem. Pădurea era destul de mare, spuse Pablo cu lacrimi în ochi.

Drumul înainta încă vreo două sute de metri, apoi lua o curbă spre dreapta, lucru care le împiedica pe animale să vadă unde ducea mai departe strada.

— Mergem până la curba aia și vedem ce putem observa de acolo, spuse Cairo, iar animalele se puseră în mișcare.

După curbă, drumul continua drept, iar după ce praful ridicat de niște camioane care trecuseră în viteză s-a risipit, animalele au putut vedea că strada era perfect dreaptă pe o lungime de cel puțin doi kilometri, dar ar fi putut continua mult și bine, doar că nu se mai vedea de praf. Peisajul era identic ca la intrare, aceleași blocuri înghesuite și ridicate în mare grabă. Animalele erau pline de praf, care li se lipise de ochii umezi și le făcea să lăcrimeze și mai tare.

— Oale unde e domnul Blun? Dal Lingo, Kabis? Oale s-au mutat în altă pădule?

Niciun animal nu a răspuns, nici măcar lui Petrică nu-i ardea de vreo ironie, așa că au plecat spre casă. Motanul s-a dus în casă, la calculator, unde a scris ultimul capitol al cărții sale.

~ Capitolul 30 ~

Copilul scotea din pungă câte un pufuleț pe care îl băga în gură, iar pe următorul îl azvârlea cât putea de tare printre gratiile groase de fier. Pufuleții nu își atingeau ținta, iar copilul arunca din nou, încercând să se apropie tot mai tare de cușcă, dar nereușind din cauza unor bare de protecție. Un nou pufuleț, o nouă aruncare ratată. Într-un final, dându-și seama că pufuleții sunt mult prea ușori pentru a putea fi aruncați pe distanțe lungi, a scos dintr-un buzunar al cămășii două bomboane pe care le purta cu el de mult timp.

O luă pe prima și o aruncă, aceasta ajungând exact până la picioarele țintei. Cu ceva experiență, pe a doua o azvârli exact în țintă, însă aceasta rămase neclintită. Fiind strigat de mama lui, copilul își părăsi dezamăgit locul de distracție și alergă spre femeia care țipa în continuare spre el, lăsând ținta nemișcată.

Înconjurat de pufuleți, bomboane, pufarine, cartofi prăjiți și alte proiectile aruncate de alți copii prost educați, ori chiar de părinți cu minte puțină, care credeau că fac astfel un bine, bătrânul urs stătea în fund, în colțul cuștii, și privea cu ochi goi spre nicăieri. Ar fi intrat în bârlog să se ferească de ochii lumii, dar intrarea îi era obturată până la ora închiderii, astfel că era nevoit să stea acolo și să distreze ochii vizitatorilor curioși să vadă în realitate un urs brun.

Erau luni bune de când singura lui mișcare era să iasă dimineața din bârlog și seara să intre la loc. În rest, își petrecea ziua stând nemișcat, cu ochii deschiși, în același colț al cuștii, cel mai îndepărtat de publicul curios și acolo unde puteau ajunge mai greu fel și fel de alimente aruncate înspre el de oameni care nu puteau pricepe nici măcar simpla atenționare scrisă cu litere mari pe o tablă atașată cuștii: „NU HRĂNIȚI ANIMALELE!"

Seara, îngrijitorul ridica ușa grea de fier acționată de un scripete ruginit, permițându-i ursului să intre la loc. Ar fi dormit afară, căci oamenii care îl deranjau oricum nu mai treceau, dar intra cu pași greoi și se trântea pe spate adormind.

Dimineața următoare, scârțâitul scripetelui ridicând ușa din fier a trezit niște căprioare care aveau cuștile în apropiere. Văzând că ursul nu iese, îngrijitorul luă furtunul folosit la adăpare și îl îndreptă cu jet puternic spre animal, pentru a-l face să iasă în cușca exterioară, de unde să satisfacă pentru o nouă zi curiozitatea plătitorilor de bilete. Blana ursului se netezi sub greutatea apei, iar un roi imens de muște se ridică brusc de pe ochii și botul animalului.

De același autor

MARIAN
GODINĂ
FLASH-URI DIN
SENS OPUS

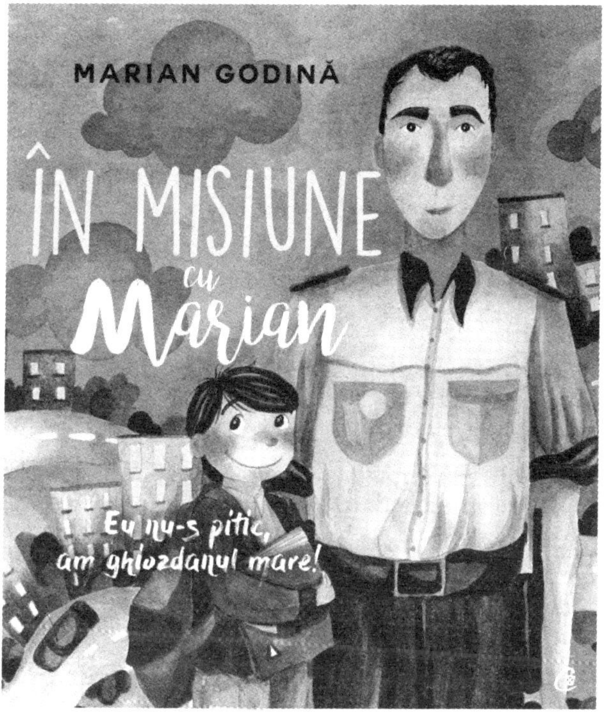
MARIAN GODINĂ
ÎN MISIUNE
cu
Marian
Eu nu-s pitic,
am ghiozdanul mare!

Tipar: ARTPRINT
E-mail: office@artprint.ro
Tel.: 021 336 36 33